스님과의 브런치

스님과의 브런치

반지현 에세이

나무옆
의자

삶이라는 재료를 선물해주신 나의 어머니께

차례

변하다

좋아하는 것을
더 좋아할 수 있도록

좋아하다

요리를 좋아한다. 글을 쓰게 된 이유는 줄곧 책 곁을 맴돌다 보니 어쩌다 그리된 것인데, 책 곁을 맴돈 가장 큰 이유는 순전히 요리책 때문이었다(덧붙이자면, 내가 2년간 몸담았던 출판사는 나의 최애 요리책을 펴낸 출판사였다). 책장마다 다소곳이 앉아 있는 고운 빛깔과 자태의 사진을 들여다보는 것만으로도 황홀했다. 한 장 한 장이 미술관에 걸린 작품처럼 아름다웠다. 게다가 이 아름다움은 감히 범접할 수 없는 천재의 것이 아니라, 비슷하게나마 흉내 낼 수 있는 것이라는 사실에 몹시 안심이 되었다.

나의 요리책 사랑은 한글을 막 깨친 다섯 살 무렵부터 시작되었다. 누렇게 빛바랜 비닐 커버에 두툼한 두께를 자랑하는 『주부요리백과』—정작 주인인 엄마는 잘 보지도 않던—나, 엄마 따라간 미용실 한편에 비치되어 있던 여성 잡지의 요리 섹션을 탐독했다. 지금 나오는 책들에 비할 수 없을 정도로 조악한 화질에다 크기도 작은 사진이었지만, 조리 과정을 눈으로 따라가며 요리의 맛을 가늠해볼 수 있어 마음이 흐뭇했다.

'음, 돈가스 옷은 밀가루, 달걀걀, 빵가루 순으로 입히는 거구나!'

'이렇게 하면 정말로 이런 요리가 나오는 건가?'

요리책을 뒤적이는 시간이 쌓일수록, 책 속의 요리를 실제로 만들어보고 싶어져 안달이 났다. 먼발치에서 그저 바라보는 것으로 만족할 수 없었다. 완성된 요리의 맛도 궁금했지만, 그보다는 책에 나오는 순서대로 하나하나 짚어가며 그 과정을 직접 체험해보고 싶은 마음이 컸다. 요리책만 믿고 따르면, 나도 사진 속의 아름다운 요리를 정말로 만들 수 있는지 알고 싶었다.

어린이 혼자 불을 마음대로 쓰게 내버려둘 리 없으니, 집이 비는 날만 기다렸다. 엄마가 외출이라도 할라치면 들뜬 얼굴을 감추느라 힘들었다. 엄마가 현관문을 열고 나감과 동시에 주방으로 달려가 달걀 하나라도 프라이팬에 깨뜨려야 직성이 풀렸다. 다락문을 열어젖히고는 냄비와 버너를 챙겨 계단을 기어 올라가 책을 펼쳐놓고 이런저런 것들을 따라 했다(위험합니다, 여러분!). 다락에서 피어오른 연기가 집 안을 자욱하게 덮어, 집으로 돌아온 엄마에게 혼나기 일쑤였지만. 엄마가 아끼던 무쇠 팬으로 요리를 한답시고 달아오른 손잡이를 그대로 잡았다가 손에 커다란 물집이 생겼던 날의 감각은 아직도 또렷하다. 뜨겁고 쓰린 건 둘째 치고, 물집 출생의 비밀(?)을 들킬까 봐 가슴이 내내 두근거렸다(엄마는 다 알고 있었겠지만).

다시 좋아하다

졸업 후, '사회 생활'이라는 걸 막 시작한 인턴 때였다. 회사에 적응하느라 몸과 영혼은 늘 탈진상태였

11

다. 에어컨이 풀가동되는 사무실에 앉아 있어도 등에
선 식은땀이 흘렀다. 언제, 또 무슨 실수를 할지 몰라
마우스를 잡은 손은 항상 덜덜 떨렸다. 아무리 주의를
기울여도 어김없이 실수를 저질렀고, 그럴 때마다 상
사에게 호되게 혼나기 일쑤였다. 회식 자리에선 누군
가 곁에 앉아 내 허벅지며 팔뚝을 슬쩍슬쩍 만졌다.
억울했고 슬펐고 분노했지만, 어렵게 들어간 회사였
다. 어느 늦은 밤, 터덜터덜 집으로 가는데 문득 요리
책이 보고 싶다는 생각이 들었다.

　그 뒤 퇴근 후 틈만 나면 서점에 들러 요리책 섹션
을 어슬렁거렸다. 어릴 때 보던 것과는 차원이 달랐
다. 올컬러에 책장 가득 사진이 시원시원하게 실려 있
어 볼 맛이 났다. 특히 아름다운 베이킹 책이 차고 넘
쳤다. 몇 권씩 구입하다가 결국엔 오븐을 샀다. 그때
부터 주야장천 뭔가를 굽기 시작했다. 쩨쩨하게 달걀
프라이를 부치고 가끔 큰맘 먹고 크로켓을 튀기는 것
말고, 대범하게 밀가루와 설탕, 달걀을 슥슥 섞었다.
끓는점을 훌쩍 넘어 180도, 때론 230도까지 치닫는
온도도 맘에 들었다. 숱한 실험에는 당연히 숱한 실패
가 잇따랐지만, 야근 후 집으로 돌아와 녹초가 된 상

태에서도 밤이 이슥하도록 베이킹 책을 들여다보았다. 아무리 피곤해도 요리책만 보면 힘이 났다.

본격적으로 자취를 시작하면서, 나를 말릴 사람이 아무도 없는 공간과 금전 개념 없는 사회초년생의 구매력이 만나 시너지를 냈다. 오븐의 뒤를 이을 뭔가를 계속 사들였다. 믹서, 건조기, 와플기, 각종 양념과 온갖 허브…… 1인 가구인 데다 대부분의 끼니를 밖에서 해결하면서도 써보고 싶은 마음을 억누를 길이 없었다. 퇴근 후엔 늘 주방에 있었다(공간의 쓰임이 나뉘어 있지 않은 작은 원룸이라, 주방이라 말하기엔 좀 민망하지만). 밀가루와 달걀을 반죽해 머핀을 굽고, 고기를 양념에 재워 육포를 말리고, 과일 청을 담그고, 잼을 만들었다. 만두를 빚고, 국을 끓이고, 가지를 튀기고, 고구마를 삶고, 깨를 볶고, 떡을 쪘다. 정신을 차려보면 작은 싱크대가 흘러넘치도록 닦아야 할 접시가 산더미였지만, 요리하는 걸 멈추지 못했다.

그렇게나 회사 다니는 걸 힘들어했으면서, 어떻게 집으로 돌아와 새벽까지 요리를 할 수 있었을까. 지금 돌이켜보면, 그 무렵의 나에겐 '안전'에 대한 욕구가 강했다. 처음 맛본 사회는 나를 보호해줄 사람이 없는 세계였다. 나 혼자 맞서야 했고, 스스로 나를 변호해야 했고, 혼자서 모든 것을 감당해야 했다. 그때의 나는, 사무실에 앉아 옷이 다 젖도록 식은땀을 흘리고 마우스를 잡은 채 손을 떠는 무력한 일개 인턴일 뿐이었다. 그런데 요리의 세계는 달랐다. 호기롭게 요리책을 쫙 펼치고, 쓰여 있는 대로 차근차근 순서를 따라하기만 하면 멋진 결과물을 완성할 수 있었다. "이거봐, 나도 이렇게 잘할 수 있는 사람이라고요!" 세상을 향해 크게 소리치고 싶었다. 요리를 하고 있으면 마음이 편했고, 비로소 제대로 살아 있는 기분이 들었다. 할 줄 아는 요리가 점점 늘어났다. 한여름에도 좁은 원룸에 180도의 오븐을 켜놓고 땀을 뚝뚝 흘리는 열정도 있었다. 가끔 친구들을 집으로 초대해 밥과 국을 끓여주면 친구들이 두 그릇씩 뚝딱 비웠다. 그 모습을 지켜보는 게 흐뭇했다.

더 좋아하다

'밥은 남기면 안 되고, 김치로 밥그릇까지 닦아 먹

어야 한다'는 기본적인, 그리고 썩 유쾌하지만은 않은 정보만 가지고 참여한 템플스테이에서 처음 사찰요리를 만났다. 늘 2D로만 보던 요리책 속의 아름다움이 눈앞에 3D로 구현되다니. 너무 아름다워서 젓가락도 못 대고 요리가 담긴 접시를 물끄러미 바라봤다.

　그 무렵의 나는 그 좋아하던 요리와 꽤 오랜 시간 결별 중이었다. 일이 바빠 집에 돌아오면 늘 쓰러지듯 잠들었다. 돈을 쓰는 것으로 지친 몸과 마음을 보상하던 때였다. 자꾸 뭔가를 사들였고, 유명하다는 맛집 탐방에 열을 올렸다. 집에 돌아오면 냉장고를 열어 배가 터질 때까지 손에 잡히는 대로 집어먹거나, 과자로 대충 끼니를 때웠다. 인터넷으로 '오예스'를 얼마나 많이 샀던지, 동네에서 마주친 택배기사님이 "오예스 많이 시키는 분!" 하고 알은체를 할 정도였으니(하루에 40개씩 먹었습니다).

　내가 나를 완전히 놓치고 있었을 때, 템플스테이에서 만난 아름다운 한 그릇 덕분에 다시 주방에 섰다. 사찰요리 덕분에 밥상 위의 계절을 읽게 되었고, 제철 식재료로 내 몸을 보살피는 법을 배웠다. 다른 존재의 처지를 생각하는 사찰요리의 정신이 나에게 스며 자연스럽게 채식을 시작했고, 인생의 대부분 무리 속의 고요한 1인을 자처해왔던 내가 처음으로 "나는 채식을 합니다"라고 목소리를 냈다. 메아리처럼 돌아오는 타인의 반응에 대처하면서 나를 변호하고 보호하는 법을 배웠고, 이 과정을 통해 내가 결코 무력하지 않음을 깨닫게 되었다. 맞서기만 하던 세상과 다정하게 만나는 방법도 배우고 있다. 지금도 사찰요리에 기대 이렇게 글을 쓰고, 내 글을 읽어주는 고마운 분들과 소통하고 있으니까.

지난해 여름, 친구들과 괌에 다녀왔다. 돌아오는 새벽 비행기에서 아기 중창단의 울음소리 때문에 단 한숨도 못 자고 뜬눈으로 한국에 도착했다. 당장 집으로 가서 누워도 시원찮을 판에, 어지러워 토할 것 같은 몸으로 캐리어를 끌고 사찰요리 수업을 들으러 갔다. 도마 앞에 서서는 '제정신이 아니구나'라는 생각이 들었지만, 요리를 하는 내내 기분이 좋았다. 몽롱한 가운데 좋다는 감각만은 또렷했다. 그다음 날에는 새벽네 시에 일어나 대전의 한 절에서 열리는 사찰음식 축제에 다녀왔다. 주말에도 사찰요리 수업을 듣느라, 현관에는 그 주 내내 채 풀지 못한 캐리어가 우두커니

서 있었다.

　인천공항에서 두 시간 동안 캐리어를 끌고 수업을 들으러 가면서, 비몽사몽간에 수업을 들으면서, 잠도 제대로 못 자고 새벽 네 시에 눈을 번쩍 뜨곤 대전 가는 기차를 타러 역으로 향하던 그때야 비로소 알았다. 내가 사찰요리를 얼마나 좋아하고 사랑하는지를. 여행으로 생긴 일상의 빈칸을 무심결에 가장 좋아하는 것으로 채우는 내 모습을 보며, 여행은 좋아하는 것을 더 좋아할 수 있게 해준다는 생각이 들었다.

　그동안 내가 해온 요리는 세상으로부터의 도피처였다. 불안하지 않기 위해 요리했다. 세상으로 향해 있던 모든 감각을 다 닫고 눈앞의 요리책에 코를 박았다. 그런 내게 사찰요리는, 요리가 세상으로부터의 도피가 아니라 내가 속한 세상을 넓혀가는 훌륭한 방법이라는 것을 가만히 일러주었다. 사찰요리 덕분에 눈앞의 하루를, 다가오고 사라지는 계절을, 내 곁의 사람들을, 내게 주어진 삶을 좀 더 좋아할 수 있게 되었다면 과장이려나.

스님과의 브런치

○
○

만나다

이 모든 게 처음

나의 첫 템플스테이

당시 내가 다니던 회사는 여느 회사와 달리 특이한 점이 많았다. 대표적인 사규로 '음식 남기지 않기' '일회용품 쓰지 않기' 등이 있었고 '입사 후 1년 안에 템플스테이 다녀오기'도 있었다. 규모가 작은 회사로 사람의 드나듦이 잦은 편이었는데, 빈자리가 생길 때마다 사람을 새로 뽑을 순 없으니 남은 인력으로 충당하느라 각자 맡은 업무가 수시로 바뀌었다. 변화를 기꺼이 즐기는 이라면 소규모의 스타트업에 제격이겠지만, 아쉽게도 그때의 나는 변화를 몹시 버거워하는 사람이었다.

여행을 가면 여러 곳을 들르기보단 마음에 드는 한 곳을 여러 번 방문하는 스타일이고, 식당에선 새로운 메뉴를 시도하기보단 '늘 먹던 그 메뉴'를 주문했다. 오죽하면 내가 입구에 들어서자마자 "오늘도 알리오 올리오죠?" 하고 묻지도 따지지도 않고 바로 요리에 들어가는 파스타 집도 있었다. 중국 유학을 할 때는 학생식당에서 무려 8개월 동안 돌솥비빔밥만 먹었다 (싸고, 양 많고, 꽤 맛있었다). 일부러 그런 건 아닌데, 어쩌다 보니 같은 색의 옷만 입고 한 계절을 다 보낸 적도 있다. 그런 내게 수시로 바뀌는 업무와 사람은 벅 찼다. 몸보다는 마음이 힘들었고, 입사 1년쯤 되자 밤 낮으로 퇴사를 고민하느라 마음이 싱숭생숭했다. 문 득 그동안 바빠서 까맣게 잊고 있었던 사규 하나를 생 각해냈다. 그래, 다녀오자.

4박 5일의 과정을 마치고 주말 이틀 동안 푹 쉬면, 무려 일주일이나 회사를 땡땡이칠 수 있었다. 내가 참 가한 템플스테이는 사찰이 아닌 수련원에서 진행되 었고, 교육에 중점이 맞춰져 있어 일반적인 템플스테 이 프로그램과 달랐다. 물론 다녀와서 알았다(떠나기 전에 이 사실을 알았더라면 참가하지 않았을지도……). 수련원으로 향하는 버스 안에서 회사 동료들과 카톡을 주고받으며 해방감에 들뜬 것도 잠시, 도착하자마자 가장 먼저 모든 소지품을 반납해야 했다. 게다가 하얀 벽엔 액자에 끼워진 글씨 외에 어떤 것도 걸려 있지 않아 시간을 가늠할 수 없었다. "아…… 아무것도 없어……. 그저 새하얀 공간뿐이야!" 마침내 만화 〈드래곤볼〉에 등장하는 '정신과 시간의 방'에 당도한 것인가! 안에서는 고작 이틀인데, 바깥에서는 무려 2년이 지나 있다는…….

군대는 안 가봤다만 군대 온 심정이 이런 걸까. 시간도 모르겠고, 핸드폰도 없고, 당연한 말이지만 면회 오는 사람도 없는 데다, 귀를 번쩍 때리는 스님의 점호에 곤히 자다가도 벌떡 일어나 양반 자세로 앉았다. 다리에 쥐가 날 때까지 몇 시간이고 앉아서 스님과 문답을 했다. '템플스테이' 하면 TV에서 봤던 푸르름 가득한 30초짜리 영상만 기억하고 있던 나는, 푸른 숲 속에서 스님이 따라주는 차를 마시며 하하 호호 즐겁게 담소를 나누는 풍경만 상상하다 별안간 목탁 두드리는 막대기로 뒤통수를 맞은 기분이었다(그때가 겨울이라 모든 풍경이 스산하긴 했다). 한 대도 아니고 연타

23

로, 딱딱 딱따-딱! 맑고 고운 소리! 사흘째는 피로가 극에 달해 코피가 쏟아졌다. 피를 보고 나니 이건 아니다 싶어 중도 하차하기로 마음먹었다. 중도 포기자는 서류에 사인을 해야 했는데(이미 두 명의 포기자가 있었다), 회사에 뭐라고 얘기해야 할지도 모르겠고 면이 안 서는 것 같아 상황 봐서 몰래 빠져나가는 계획을 세웠다. 도착한 첫날 아무 생각 없이 구겨 버렸던 버스 시간표를 찾으려고 휴지통을 뒤지기까지 했다(그런 내 꼴이 서러워 눈물도 흘리면서). 찾지 못해 결국 탈출은 실패했지만.

나의 첫 사찰요리

무엇보다 나를 괴롭게 한 것은 배고픔이었다. 평소에도 허기를 못 참는 편이라 수시로 뭔가를 계속 입에 넣어야 하는데(사무실 옆자리 동료나 친구들이 나에게 제일 많이 하는 말이 "또 먹어?"이다), 거기에선 하루에 딱 두 번 밥을 줬다. 하루는 스님이 무언가를 설명하기 위해 사과 하나를 손에 들고 이야기를 하시는데, 아무 말도 귀에 들어오지 않고 사과만 보였다. 저 빨간 사과를 낚아채 눈 쌓인 겨울 숲으로 도망가는 상상만 반복했다. 눈밭에 주저앉아 엉덩이가 젖는 줄도 모르고 사과를 와삭, 깨물고 싶었다. 그냥 생쌀만 줬대도 허겁지겁 씹어 먹을 수 있을 정도로 배가 고팠는데, 하루 딱 두 번 나오는 밥엔 심각한 문제가 있었다.

밥이 너무 '아름다웠다'. 다들 먹기도 전에 탄성을 질렀다. 사진이나 메모의 형태로 남길 수 없어 얼마나 아쉬웠는지. 고깃집에서 흔히 보던 쌈채소는 흡사 부케 같았고, 샐러드에는 처음 보는 작은 꽃이 흩뿌려져 있었다. 식사에 앞서 그날 음식을 준비한 분이 "이것은 무엇으로 만들었고, 저것은 무엇으로 만들었고……" 하고 조곤조곤 설명해주셨는데, 그 목소리를 듣자면 잠시 배고픔을 잊었다. 메뉴 소개가 흡사 시 낭송 같다고 이야기한 이도 있었다. 어쩌자고 매 끼니가 이렇게 황홀한 건지. 버스 시간표 핑계를 댔지만, 실은 다음 메뉴가 궁금해 번번이 주저앉았으니 450일 같던 4박 5일간의 일정을 어쩌면 밥 덕분에 무사히 마친 셈이다.

다시 일상의 박자에 올라탄 나는 금세 모든 걸 잊었

지만, 왠지 그때 먹은 것들은 시간이 지날수록 또렷해졌다. 또 먹고 싶었다. 이젠 4박 5일쯤이야 너끈히 버틸 수 있을 것 같았다. 4박 5일을 바꿔 말하면 '식사 열 끼 제공' 아닌가. 다행인지 불행인지 그 프로그램은 일생에 딱 한 번만 참가할 수 있었다. 이젠 다시 그 밥을 못 먹는단 뜻이었다. 내가 누군가. 세상 그 무엇보다 먹는 일에 제일 열정적인 사람 아닌가. '빵지 순례'라는 말이 있기도 전에 홍대와 합정, 상수의 빵집 80여 곳을 두루 돌며 손수 빵집 지도를 만들었고, 버스정류장에서 누군가 들고 먹는 빵만 봐도 어느 집 빵인지 맞힐 수 있었다. 팥빙수 한 그릇 먹겠다고 8월 땡볕에 두 시간을 줄 서는 것도, 강남에서 평양냉면 먹고 다시 한 시간을 버스 타고 종로로 가서 후식으로 젤라토를 먹는 것도, 내겐 대단한 일이 아니었다. 맛있는 걸 먹을 수 있다면 그 정도 수고는 얼마든지 감수할 수 있었다.

그런데 그 밥을 다시는 먹을 수 없다니! 그렇다면 내가 만드는 수밖에. 처음에는 기억을 더듬어 흉내를 냈다. 쌈채소를 어떻게 꽂았더라, 이런 모양이었던가? 이게 아닌데…… 답답한 마음에 사찰요리 전

#시래기밥

그 밥을 다시는 먹을 수 없다니!
그렇다면 내가 만드는 수밖에.

문점에도 몇 번 가봤지만, 그때 그 음식이 아니었다. 실은 어디서도 찾을 수 없는 게 당연했다. 수련원에서 요리하는 이도, 메뉴도 정해진 게 아니었으니. 그날의 상황과 재료에 맞게 만들어진 즉흥 창작물이라, 같은 사람이 같은 재료로 요리한다 해도 똑같은 요리를 만들 수가 없었다. 어쩌면 내가 찾는 건 그때 그 밥이 아니라, 밥을 받아 들었을 때 백열등 백 개를 동시에 켠 컷처럼 주위가 순식간에 환해지던 그 느낌이라는 생각이 들었다. 그렇다면 그 느낌을 찾아야 했다. 웬만한 음식은 먹고 싶으면 아쉬움 없이 뚝딱 만들던 편이라 살면서 돈을 내고 요리를 배워야겠다는 생각을 해본 적은 단 한 번도 없었는데, 사찰요리를 배우기로 마음먹었다.

사찰요리에 있고 또 없는 것

왜가 있는 요리

스무 명 남짓의 사람들을 앞에 두고 스님이 시연을 하는 방식으로 수업이 진행된다. 하루는 스님이 김밥을 말다 말고 갑자기 "김밥 위에 깨를 왜 뿌릴까요?" 하고 물으셨다. 다들 입안 가득 깨를 머금은 것처럼 아무 대답을 못 했다. 들기름에 야채를 볶으면 굳이 깨를 안 뿌려도 되는데, 보통은 습관처럼 깨를 뿌린다는 게 스님의 설명이었다. 정답치고 시시할 수도 있다. 그렇지만 한 번도 생각해보지 않은 물음이었고, 그런 물음은 수업 때마다 어김없이 반복되었다.

호박과 당근 중 어느 것을 먼저 볶을까요? 굵은소

29

금과 가는소금 중 어느 것을 쓸까요? 이럴 때는 조청을 써야 할까요, 물엿을 써야 할까요? 설탕이 꼭 몸에 나쁠까요? 오이와 당근의 궁합이 나쁘다고 하는데, 해결 방법은 없을까요? 왜 이 요리에는 이런 재료를 쓰고 이런 양념을 곁들여내는지, 같은 재료로 만들 수 있는 다른 요리는 어떤 것이 있는지, 대체할 재료는 없는지를 들었다. 한번 수업을 듣고 나면 머릿속에는 온통 왜, 왜, 왜, 왜, 메아리가 울렸다.

그동안 내게 요리는 늘 결과였다. '모로 가도 서울만 가면 된다'였다. 그동안 사 모은 요리책이 백여 권을 훌쩍 넘으니, 요리 지식이라면 내게도 웬만큼 있었다. 그동안 내가 한 요리도 꽤 괜찮았으니 서울, 안 되면 서울 근처까지 어떻게든 갔다고 믿는다. 그러니 사찰요리에 내가 몰랐던 대단한 비기나 비법이 있었던 것은 아니다. 그런데 사찰요리에는 '왜'가 있었다. 어쨌든 서울로 가려는 내게 사찰요리는 '왜' 서울에 가는지를 고요히, 끊임없이 물었다. 그 '왜'에 대한 답을 나는 전혀 몰랐기 때문에 자꾸만 수업을 들으러 갔다. 처음엔 한 달에 한 번 가던 것이 한 달에 두 번이 되고, 일주일에 두 번이 되고, 어떤 날은 하루에 두 번이 되기도 했다.

맛이 없는 요리

　결과물이 썩 좋지 않을 때, 스님이 요리한 것과 내가 한 것을 비교하면서 '왜 그대로 따라 했는데 저 맛이 안 나지?' 하고 번번이 의문에 잠겼다. 그럴 때마다 스님이 원인을 정확히 알려주셨다. 팬에 기름을 적게 둘렀거나, 처음부터 불을 세게 했거나, 반죽이 너무 되거나 혹은 질거나, 소스에 물을 많이 잡았거나. 그런데 스님들 중 누구도 "이건 실패했네, 맛없네" 하고 말한 분이 없었다. 밑바닥이 탄 전병을 보며 내 마음도 시꺼멓게 타들어 갈 땐 "바싹 구워서 노릇하네요" 하셨고, 소스가 좀 싱거울 때는 "담백해서 빈속에 먹기 좋네요" 하셨다. "좀 실패하면 어때요, 다 자기 입에 들어가는 건데"라는 스님의 천연덕스러운 한마디는, 요리할 때마다 긴장되던 내 마음을 무장해제시켰다. 원인에 대해선 그토록 집요하면서, 결과에 대해선 오히려 너그럽다니. 처음에는 스님들이 마음이 좋아서 그러는 줄 알았다.

시간이 한참 지나고 나서야 과정에 대한 집요함과 결과에 대한 너그러움의 이유를 알았다. 어느 날, 완성된 요리를 한 숟갈 떠먹고는 "스님, 맛있어요!" 하고 엄지를 치켜들었더니, 스님이 "음식에는 맛있다와 맛없다가 없습니다" 하고 답하셨다. 음식에 맛이 없다니요? 음식은 맛있는 게 최고 아닌가요? 맛있는 음식 만들려고 이렇게 열심히 배우는 건데요? 흔들리는 눈동자로 말없이 되묻는 내게, 스님이 음식은 '몸을 지탱하는 약'이지 맛으로 먹는 것이 아니라고 하셨다. 그래서 완성된 요리의 맛이 어떻든 나의 실수도 넉넉한 평점을 받을 수 있었던 거다. 음식을 만들 때 가장 맨 앞에 두는 게 맛, 그러니까 혀의 즐거움이 아니라 몸의 편안함이라면 자연히 '왜'를 묻고 따질 수밖에 없다. 이 재료는 왜 쓰고 어떠한 성질이 있고 어떤 양념과 궁합이 맞는지를 제대로 알아야 내 몸에 필요한 요리를 만들 수 있기 때문이다.

지금도 새로운 재료를 만나거나 공정이 꽤 복잡한 요리를 할 때면, 내 신경이 손에 쥔 칼날처럼 날카로워진다. 맛없으면 어떡하지? 실패에 대한 두려움이

과정 자체를 마음 편하게 즐기는 사람이 되자.

다 내가 좋으려고 하는 건데.

마음 한편에 살며시 생겨난다. 그럴 때마다 마음속으로 외친다. "어차피 누가 먹는다? 내가 먹는다!" 그러면 둥실 떠올랐던 두려움이 쳇! 하고 꼬르륵 가라앉는다. 잘하려고 하지 말고, 일정한 맛의 결과를 뽑아내려고 하지 말자. 자세히 들여다보고 이유를 궁금해하고, 과정 자체를 마음 편하게 즐기는 사람이 되자. 다 내가 좋으려고 하는 건데.

그러고 보면 요리와 삶은 꽤나 닮아 있다. 섣불리 뭔가가 되려고 하지 말고, 남들이 말하는 삶을 살려고 애쓰지 말고, 나라는 사람이 나로서 살아가는 순간순간을 들여다보고 궁금해하자. 남들이 말하는 것 말고 지금 이 순간 나에게 좋은 것들을 택하자. 마음 편하게 살자. 어차피 내 삶인데, 내 삶의 하루하루는 다 내가 먹는 건데. 나만의 레시피로 즐겁게 요리하고 삶을 살자고 칼을 다잡는 도마 앞.

열 숟가락 깨물어
안 맛있는 숟가락 없다

우리 사이는 80광년

어느덧 연말, 사찰요리를 배우기 시작한 지 얼마 되지 않았을 때다. 수업 전에 작은 시상식(?)이 열렸다. 스님이 그해 수업에 가장 많이 참가한 두 사람을 호명하며, 템플스테이 이용권을 선물로 건넸다. 지난 템플스테이 때 먹었던 그 밥맛이 어렴풋이 혀끝을 스쳤다. 부러워라……. 템플스테이 이용권이 사찰음식 무료 시식권으로 보였다. 물론 서울 시내 유명 사찰음식점도 몇 번 가봤지만, 절에서 먹는 밥을 따라갈쏘냐. 같은 오뚜기 카레라도 집에서 먹는 거랑 인도에서 손으로 떠먹는 거랑은 차원이 다를 테니까. 스님 곁으로 가서 은근히 물었다.

"스님, 수업 몇 번 들으면 템플스테이 이용권 받을 수 있는 거예요?"

"저 두 분은 80번 넘게 들으셨어요. 저도 놀랐네요."

스님이 웃으며 대답했다.

"80번이요? 그걸 어떻게 이겨요!"

목표한 건 어떻게든 쟁취하고야 마는 목표지향적 인간—목표의 90퍼센트 이상이 맛집과 빵집 탐방. 다른 목표를 세웠다면 좀 더 훌륭하고 고매한 인간이 됐을까요—이지만, 1년에 80번을 들어야 사찰음식 무료 시식권, 아니 템플스테이 이용권을 받을 수 있다니 맥이 쏙 빠졌다. 1년에 80번을 들으려면 적어도 한 달에 일곱 번, 그러니까 매주 주말을 투자해야 한다는 계산이 나온다. 그때만 해도 나는 기껏해야 한 달에 한두 번 정도 수업에 참가하고 있었기 때문에, 80이란 숫자가 내게서 80광년 떨어진 별빛처럼 아득하게 느껴졌다. 게다가 승자, 아니 수상자 중 한 명이 웃으며 내게 날린 한마디는 80광년을 순식간에 800광년으로 만들었다.

"나 특강은 빼고 80번이야. 특강까지 치면 90번도 넘을걸."

이 글을 읽는 분 중에 '수업 많이 들을 생각하지 말고, 그냥 템플스테이를 가면 되지 않나?'라는 합리적인 의문을 떠올리는 분들이 분명 있으리라 짐작한다. 그렇지만 무료배송 조건을 충족시키기 위해 안 쓸 걸 알면서도 기어코 장바구니에 이런저런 것들을 쓸어 담고, 필요했던 물건보단 그에 딸린 사은품이 갖고 싶어 밤잠을 설치다 결국 눈을 떠보면 잠결에 결제한 카드 내역이 핸드폰에 버젓이 떠 있고(잘했어! 렘수면!), 커피를 사면 사은품으로 락앤락 통을 준다는 말에 갑자기 소유욕이 치솟아 마시지도 못하는 커피를 사는 나 같은 사람도 있다. 그때는 상상 못 했다. 내가 주말은 물론 특강까지 다 챙겨가며 사찰요리에 푹 빠질 줄, 회사에 '개인 사정'이라고 반차를 내곤 도마 앞으로 달려갈 줄, 80광년이 그렇게 내게 성큼 가까워질 줄 그 누가 알았을까.

그냥 맛있는 게 좋아서요

"매주 오시는 분 맞죠? 자주 뵙네요."

"조리과 학생이시죠?"

매주 주말은 물론, 어떤 때는 그 귀한 연차를 쓰고 (물론 명목은 개인 사정) 평일 수업도 참가하니 어떤 분들은 나를 종종 직원으로 착각하기도 한다. 자격증 취득이 목표냐고 묻는 분도 있고, 인생에서 뭔가를 그렇게 열심히 하는 모습이 대단하다고 칭찬하는 분도 있다. 그런데 내가 사찰요리를 열심히 배우는 이유는 단순하다. 그냥 맛있는 걸 먹는 게 좋고, 배우는 요리의 대부분은 식당에서 사 먹을 수 없기 때문이다.

처음 사찰요리를 배우기 시작할 때는 메뉴 이름을 봐도 도무지 뭔지 모르니 선뜻 수업을 신청하기 애매했다. 육근탕? 타락죽? 제피장떡? 지금은 저 이름만 봐도 입가에 침이 뚝뚝 흐르지만, 그때는 위험부담을 안기 싫어 맛을 가늠할 수 있는 요리 수업만 골라 들었다. 유부주머니탕, 고추잡채 같은 것들. 그런데 분명 그동안 숱하게 먹어본 음식인데도 지금껏 알던 맛과는 급이 달랐다. 바람 넣다 만 풍선처럼 속이 부실

#연근버섯탕수이

'아…… 오늘은 얼마나 맛있을까!'
이젠 강의 일정표가 메뉴판처럼 느껴진다.

한 판매용과는 달리, 손으로 직접 만든 유부주머니는 새로 산 쿠션처럼 귀퉁이까지 속이 꽉 찼고, 생일날에도 영 손이 안 가던 잡채는 새삼 이렇게 맛있는 음식이었나 싶었다.

맛있는 걸 자꾸 먹고 싶으니 한 달에 한 번 가던 것이 두 번이 되고, 곧 한 주에 한 번이 되고 또 두 번이 되고, 어떤 때는 한 주에 네 번도 갔다. 너무 많이 간다 싶어 일부러 수업을 좀 줄여보기도 했는데, 그런 날에는 수업이 진행되고 있을 그 시간에 집에 누워 강의 일정표를 들여다보며 깊이 후회했다. 참회의 침이 입가를 타고 흘렀다. '아…… 오늘은 얼마나 맛있을까!' 이젠 강의 일정표가 메뉴판처럼 느껴진다. 메뉴판, 아니 강의 일정표를 펼치고는 이렇게 외치는 거다.

"여기 있는 메뉴 싹 다 주세요!"

그래서 뭐가 제일 맛있냐면요

자식은 안 낳아봤지만 '열 손가락 깨물어 안 아픈

손가락 없다'는 말의 의미를 이제 좀 알 것도 같다. 열 손가락 깨물어 안 맛있는 숟가락이 없었다. 지금 이 글을 쓰면서 나의 최애 메뉴를 곰곰 생각해봤지만, 금세 포기했다. 봄이면 통통하게 물오른 두릅을 튀겨내 매콤달콤한 양념에 버무린 두릅강정이, 여름이면 불린 콩을 되직하게 갈아 산뜻한 오이 고명을 올린 콩국수가, 가을이면 간장과 조청에 버무린 후 깨를 솔솔 뿌린 쌉싸름한 우엉조림이, 겨울엔 뜨끈하고 얼큰하고 개운하기까지 한 사찰 짬뽕이 나를 즐겁게 해주니까.

더워서 밤새 이불을 발로 차며 킥을 연마하던 여름이 언제였나 싶게 선득한 공기에 잠을 깨는 요즘이다. 샤워를 하고 나면 몸에 맺힌 물방울이 서늘하게 느껴진다. 하늘의 채도가 높아졌고, 벽에 닿는 햇살은 노르스름하게 익어 고소한 냄새가 날 것만 같다. 가을이 왔구나! 자, 여름 내내 나와 찐한 사랑을 나눴던 과일 물김치도, 비 오는 날 부쳐 먹었던 짭조름한 장떡도, 센 불에 휘리릭 새파랗게 볶아낸 풋고추도 잠시만 안녕. 난 이제 토란국에 우엉밥을 말아 먹어야 하니까. 내 숟가락은 계속 바쁠 테니까.

41

채수가 모든 것을 가능케 하리니

'사찰요리'라는 단어를 들으면 당신의 머릿속엔 어떤 이미지가 떠오르는가? 스님? 풀? 절? 내 주위도 크게 다르지 않다. 사찰요리를 배운다고 말하면, 쓴맛이 나는 물음표를 삼킨 것처럼 사람들의 표정이 묘하게 일그러진다.

"사찰요리? 그거 뭐 풀때기만 먹고 그러는 거 아니야?"

"세상에 맛있는 게 얼마나 많은데 왜 하필 사찰요리니?"

"차라리 한식이나 중식, 양식을 배워보지 그래?"

많은 사람들이 사찰요리를 풀때기, 맛없는 음식, 단출한(=초라한) 음식으로 생각한다. 그러나 여러분, 크게 속고 계신 겁니다! 스님들이 얼마나 맛있는 요리를 계절별로 다양하게 접하는지 알고 나면 깜짝 놀라게 될 테니까요. 냉면도, 짬뽕도, 나물매운탕도, 전골도 모두 가능하다. 심지어 파는 것보다 훨씬 맛있게. 이 모든 것이 가능한 이유는 바로 '채수' 덕분이다.

네가 잘하는 건 아는데……

한국요리에서 멸치육수가 차지하는 공은 상당히 크다. 뭘 먹어야 할지 정해지지 않았을 땐, 일단 멸치육수부터 우리면서 메뉴를 생각해도 늦지 않다. 팔팔 끓는 멸치육수로 만둣국을 끓여도 되고, 김치찌개를 끓여도 좋다. 소면을 재빨리 삶아낸 뒤 멸치육수를 부어 먹어도 별미다. 라면을 먹지 않은 지 7년이 넘었지만, 1인당 연간 라면 소비량 세계 1위 국가의 국민답게 한창 라면을 먹을 땐 깊은 맛을 위해 멸치육수를 꼭 우렸다. 검색창에 '멸치육수' 네 글자를 집어넣기만 해도 약 61만 개의 게시물이 뜨니, 한국인의 멸치육수 사랑은 이토록 깊고도 지극한 것이다.

사찰요리는 멸치육수를 사용할 수 없으니, 채수를 사용한다. 채수는 말 그대로 채소 우린 물이다. 달콤한 맛을 내는 무와 은근한 향을 더하는 표고버섯, 깊은 감칠맛을 더하는 다시마를 기본으로 여러 가지 채소를 넣고 끓인다. 채수를 내기 위해 일부러 채소를 구입할 건 없고, 요리할 때 쓰고 남은 채소 꼬투리를 활용하면 된다. 어떤 채소든 환영이다. 당근도, 양배추도 모두 모두 대환영! 이렇게 끓여낸 채수는 사찰요리에 두루 쓰이며, 멸치육수 역할을 톡톡히 해낸다.

채수가 몸에 좋다는 것도 알고, 특유의 감칠맛도 인정하지만 채수를 맹신하진 않았다. 어느 정도 한계가 있을 거라고 얕잡아봤다. 무와 표고버섯, 다시마⋯⋯ 너희들이 끓는 물 안에서 제아무리 춤을 춘들 어떻게 태평양 푸른 바다를 한껏 품은 멸치를 따라가겠나 싶었다. 달큰한 맛도, 은은한 향도, 깊은 풍미도 다 내줬건만 "그래도 멸치육수가 최고다!"라고 외치는 한국인이라니⋯⋯. 채수 입장에선 꽤나 억울할 노릇이다. 그렇게 줄곧 채수의 지분을 인정하지 않던 내게, 어느 날 채수가 계급장(?) 다 떼고 제대로 맞붙어보자며 도전장을 내밀었다.

너, 이 정도였니?

메밀국수는 보통 장국 맛으로 먹는다. 식당에서 내놓는 장국은 시판 소스로 맛을 낸 경우가 대부분이라, 간혹 정말 맛있는 장국을 만나면 두고두고 생각이 났다. 그럴 때면 집에서도 한번 만들어보고 싶다는 생각에 레시피를 검색해보곤 했는데, 들어가는 게 꽤 많은데다 가쓰오부시가 빠지지 않았다. 가쓰오부시가 장국 맛을 좌우한다고 해도 무방했다. 이미 갈린 것을 쓰기보다는 처음부터 제대로 갈아서 쓰고 싶어서, 일본 여행 간 친구에게 가쓰오부시용 대패 구입을 부탁한 적도 있다.

메밀국수를 배우게 되었을 때, 실은 별 기대를 하지 않았다. 멸치도 못 따라잡는 채수로 이젠 가쓰오부시 풍미를 구현한다고? 승패가 빤한 게임 아닌가. 아니나 다를까, 스님이 나눠주신 레시피를 들여다보니 채수를 진하게 끓여내 간장, 설탕으로 간하는 게 전부였다. 스님 딴에도 채수가 최선일 테니까. 그런데, 그런데 말입니다.

사찰요리에서 가쓰오부시 맛이 난다고 하면 사찰

45

#취나물쑥완자탕

"와, 이게 뭐예요? 어떻게 이런 맛이 나요?"
난 빙그레 웃을 뿐이다.

요리의 정신에 위배되겠지만, 가끔 만났던 그 장국처럼 정말 맛있는 장국이 식도를 고요히 적셨다. 어, 이게 뭐지? 한 숟가락 떠먹고 다시 떠먹었다. 나중엔 그릇째 들고 마셨다. 뭐가 들어갔는지 내가 다 봤는데, 내 손으로 냄비에 집어넣었는데 이 맛이 어떻게 가능할까. 완벽한 채수의 승리였다. 그동안 채수의 부족한 면을 다른 재료나 양념이 보완한다고 생각했는데, 나만의 착각이었다. 채수가 그들의 맛을 한층 끌어올리고 있던 거였다.

걔가 다 해요, 심지어 잘해요

처음 사찰요리를 배우러 오는 분들이 채수 맛을 보고는 "이게 뭐예요?" 하고 꼭 묻는다. 말 그대로 채소 국물이기 때문에, 처음 맛을 보면 심심하고 담백한 맛이 낯설어 자꾸 입맛을 다시고 고개를 갸웃거린다. 그분들이 채수로 요리를 한 뒤 맛을 보고는 다시 묻는다. "와, 이게 뭐예요? 어떻게 이런 맛이 나요?" 휘둥그레진 그들의 눈을 보며 난 빙그레 웃을 뿐이다.

채수는 어떤 야채를 더하느냐에 따라 끌어낼 수 있는 맛이 무궁무진하다. 달큼한 맛을 원하면 양배추와 당근을 넣는다. 여기에 간장을 조금 넣어주면 개운한 국물을 즐길 수 있고, 좀 더 진하게 우려내면 장국도 뚝딱이다. 몸이 으슬으슬한 날, 따끈하고 얼큰한 국물이 당기면 채수에 마른 홍고추 몇 개를 부숴 넣고 능이, 생강과 같이 끓이면 된다. 보약이 따로 없다 싶을 정도로 기분 좋은 향과 뜨끈한 기운이 올라와 금방 온몸을 데운다.

채식을 하게 되면서 멸치와도, 가쓰오부시와도 이별했지만 돌아서는 내 모습이 그리 눈물바람은 아니었다. 멸치도, 가쓰오부시도 모두 품어주는 채수가 내 곁에 있으니까. 채수가 모든 것을 가능케 합니다, 여러분.

내 마음의 오신채

어떤 일에든 꼭 하지 말라는 조항이 있다. 아담과 하와에겐 선악과를 따먹지 말라는 금기가, 판도라에게는 상자를 열어보지 말라는 금기가, 롯의 아내에게는 뒤를 돌아보지 말라는 금기가 있었다(물론 셋 다 어겼지만. 하지 말라면 더 하고 싶은 게 사람 심리). 사찰요리도 마찬가지. 나무에 달린 것이든, 땅 위로 솟아오른 것이든, 땅 아래 뿌리내린 것이든 채소라면 어느 것이든 자유롭게 사용할 수 있다. 단, 오신채伍辛菜를 제외하고. 오신채라니? 처음 들어보는 채소 이름인데…… 하고 고개를 갸웃거릴 분들도 있을 텐데, 오신채란 다름 아닌 '다섯 가지 매운맛이 나는 채소'를 뜻한다. 보통 파, 마늘, 부추, 흥거, 달래를 꼽는데 우리나라에서는 흥거 대신 양파를 포함시킨다.

몸의 오신채

사찰요리에 오신채를 쓰지 않는 이유엔 여러 가지가 있다. 첫째는 슬기로운 집단생활을 위한 것이다. 보통 절에서는 적게는 몇십 명, 많게는 몇백 명까지 함께 생활하는데, 향이 강한 재료는 서로에게 불편함을 불러올 수 있어 사용을 금한다고 한다. 외국 사람들이 한국인을 가리켜 '마늘 냄새 난다'라고 하는 것을 떠올리면 이해가 쉽다. 나도 사찰요리를 배우면서 자연스럽게 파, 마늘을 멀리하게 되었는데, 친구들을 만나면 잠깐 잊고 있었던 '알싸한' 향기가 물씬 풍겨오곤 한다. 둘째는 수행을 위해서다. 사찰음식은 기본적으로 수행식이다. 스님들이 마음을 닦는 데 도움을 주는 음식이기 때문에, 마음을 차분히 가라앉히는 차가운 성질의 재료로 요리한다. 오신채는 매운맛, 즉 뜨거운 성질을 가진 채소라 사람의 몸에 들어가면 쉽게 흥분 상태를 불러일으킨다. 뜨거운 성질의 채소를 금하다 보니 스님들의 몸은 대체로 찬 편이다.

오신채를 금하는 이유를 처음 들었을 때는 의아했다. 향 때문에 안 먹는 건 그렇다 쳐도, 스님들은 평생 고기도 먹지 못하니 오히려 뜨거운 성질의 채소라도 잘 먹어야 기운이 펄펄 나는 거 아닌가 싶었다. 몸에 힘이 없거나 으슬으슬한 날엔, 몸에 열을 내는 음식을 먹어 땀을 뻘뻘 흘리는 것처럼 말이다. 뜨끈하게 몸을 데워도 모자랄 판에 오히려 가라앉히는 게 수행에 도움이 된다니……. 스님들은 으레 그런가 보다, 하고 흘려들었다.

마음의 오신채

요리할 때 스님이 "절대 센 불에서 하지 말고, 미지근한 불에서 뭉근히, 오래오래 익혀야 합니다" 하고 강조하실 때가 있는데, 뭔 차이가 있을까 싶어 기다림을 못 참고 센 불에 휙 요리했다가 홀랑 망한 적이 몇 번이나 있다(하지 말라는 걸 꼭 하고 보는 사람의 심리란). 요리 대신 맛보았던 건, 넘쳐버린 냄비와 시커

#하얀채소구이

해보니 알겠더라. 세상 모든 일이
반드시 끓어 넘쳐야만 하는 건 아니라는 걸.

멓게 탄 프라이팬을 닦으며 몰려오는 씁쓸한 후회 한 점.

요리할 때뿐 아니라, 돌아보면 내가 사는 방식이 그랬다. 재빨리 이루고 싶은 일들이 많았다. 몇 권으로도 모자라는 색색깔의 스케줄러에는 저마다 해야 할 일이 빼곡했다. 해야 할 일과 해야 할 일 사이의 삐거덕거리는 마찰음은 못 들은 척했다. 힘이 빠져 시들해진다 싶으면 나를 어르고 달래고 채찍질해 얼른 에너지 만땅, 풀가동 모드로 만들려고 애썼다. 끓어오르는 열정의 힘을 맹신했고, 차게 식을까 두려워 삶에 쉼표를 두지 않았다.

그렇지만 해보니 알겠더라. 세상 모든 일이 반드시 끓어 넘쳐야만 하는 건 아니라는 걸. 보기에 차가울 정도로 고요하고 묵묵한 기다림이어야 비로소 이룰 수 있는 일도 있다는 걸. 몸뿐 아니라, 마음으로 먹는 오신채도 있다는 걸. 그동안 나는 마음으로 오신채를 허겁지겁 먹고 있었다. 잘해야 해, 빨리 성공해야 해, 인정받아야 해……. 내가 끌어안고 있는 온갖 욕심에 들끓는 마음이 괴로워 날뛰는 걸 '열정'이라 애써 믿고 싶었다. 아닌 줄 알면서도. 내가 할 수 있는 일과

할 수 없는 일을 구분하고, 나라는 사람의 실상을 인정하기까지도 꽤 오랜 시간이 걸렸다.

오늘의 내가 삶에서 이루고 싶은 일은 꼭 세 가지다. 아름답고 건강한 몸, 따뜻하고 단단한 마음, 그리고 좋은 글을 쓸 수 있는 실력. 한 달이면 10킬로그램 빼준다는 다이어트 약 광고는 아마 10년째 보는 것 같은데, 버스 탈 때마다 여전히 나를 유혹한다. 뭐든 마음먹기 나름이라며 생각만 바꾸면 된다는 말 앞에선, 좀처럼 마음대로 안 되는 시들시들한 내 마음이 더 못나 보인다. 요샌 한 달이면 책 한 권 뚝딱 쓴다는 강의가 그렇게 인기란다. 건강한 몸을 만드는 일도, 쉽게 휩쓸리지 않는 마음을 만드는 일도, 한 글자에 무언가를 담는 일도 나는 참 어려운데. 내가 겨우겨우 쌓는 걸 남들은 참 쉽게도 한다는 생각이 들면 풀가동 모드에 다시 슬그머니 시동이 걸리지만, 워워. 이미 마음의 오신채는 실컷 먹어봤으니까 이젠 그만 먹어도 될 것 같다.

몸을 위해 오늘도 불 앞에 서고, 마음을 위해 시간 내어 천천히 오래 들여다본다. 어제보다 나은 글을 위해 기분에 관계 없이 매일 모니터 앞에 앉는다. 고요

하고 묵묵한 시간을 보내며 마음의 오신채를 멀리하
는 연습을 한다.

행복을 이루고자 먹습니다

오관게가 바꿔놓은 것

"이 음식이 어디서 왔는고.
내 덕행으로 받기 부끄럽네.
마음의 온갖 욕심 버리고
몸을 지탱하는 약으로 삼아
도업을 이루고자 이 공양을 받습니다."

음식을 먹기 전, 두 손을 맞붙이고 스님이 외는 오
관게를 따라 읊는다. 교회에 찬송가가 있는 것처럼 불
교에는 불교 교리를 담은 게송이 있는데, 오관게는 스
님들이 식사 전에 외는 게송이다. 입으론 스님의 목소

리를 따라 하지만, 머릿속은 눈앞의 음식 생각뿐이다.

배고픔도 배고픔이지만, 내가 오관게에 집중하지 못한 이유는 사실 따로 있었다. 마음에 콕 걸리는 '내 덕행으로 받기 부끄럽네'라는 구절 때문. 아니, 눈앞에 놓인 음식이 무슨 산해진미도 아니고 기껏해야 두부, 버섯, 당근이 전부인데 내가 이 정도도 못 먹나 하는 반항심이 들었다. 내가 뭐 그렇게 못난 사람이라고 이 정도 음식 받는 걸 부끄러워해야 해? 불쑥 싹을 틔운 반항심은 오관게를 반복할 때마다 키를 높여 자라났고, 매번 마음에 걸리는 그 구절은 나만의 방식으로 성실히 대체했다. "이 음식이 어디서 왔는고. 흐으으음……. 마음의 온갖 욕심 버리고……."

오관게를 향한 나의 작은 반항은 계속되었다. 그런데 시간이 갈수록 키를 높일 줄만 알던 내 반항심이 슬그머니 고개를 숙이기 시작했다.

스님들은 재료 하나를 가지고도 쪄 먹고, 부쳐 먹고, 튀겨 먹고, 구워 먹는 다양한 방법을 요모조모 알려주셨다. 평소에 당연히 쓸모없다 여겼던 재료들도 스님의 알뜰한 손끝에서 환하게 피어나는 모습을 보면, 놀랍고 흐뭇한 마음에 절로 고개가 끄덕여졌다.

지난여름엔 수박 속껍질로 김치 담그는 법을 배웠다. 돌아가신 외할머니는 여름이면 수박 속껍질을 잘게 썰어 나물처럼 무쳐 먹곤 하셨다. 그럴 때마다 세상에 이거 먹는 사람은 할머니밖에 없을 거라고 짜증을 냈던 내 모습이 떠올랐다. 그때 잘 배워놓을 것이지, 이제 와서 돈 주고 배우는 이 철없는 손녀딸. 한번 틀면 몇 시간씩 넋 놓고 보던 유튜브 먹방도 저절로 끊게 됐다. 음식을 단순히 즐길 거리로 여기는 모습이 많아 마음이 불편해졌기 때문이다. 오관게를 읊을 때마다 '이까짓 버섯'이라며 투덜대던 나는 어디로 갔나.

파도를 잠재우는 가장 확실한 방법

내 안에 높은 파도가 일렁이는 날이 있다. 어디서 시작됐는지도 모를 이 높은 파도가 나를 집어삼킬 것 같은 날. 아무리 찾아봐도 파도의 출처를 모르겠고, 내 마음인데 도무지 내 마음대로 되지 않아 미칠 노릇이다. 이런 날엔 나를 위해 순한 음식을 차리고 천천히 맛보기로 선택한다. 음식을 준비하면서도 마음의

#봄나물무침

나를 위해 순한 음식을 차리고
천천히 맛보기로 선택한다.

파도는 그칠 줄 모르고 철썩인다.

'불안하고 바빠 죽겠는데, 철썩. 이 상태에서 무슨 밥이 넘어가? 철썩철썩.'

그런데 신기하다. 시간을 들여 재료를 다듬고 요리하고, 내 앞에 놓인 음식을 바라보며 오관게를 읊으면 마음의 파도가 점차 누그러들기 시작한다. 내가 먹을 밥 한 그릇이 눈앞에 있다는 사실이 고맙고, 한 그릇 다 비울 때쯤이면 언제 그랬냐는 듯 잠잠해진다. 밥그릇은 말끔하고 마음은 고요하다.

음식을 먹을 때마다 좋은 차를 마시듯 오관게를 한 구절 한 구절 음미하는 요즘이다. 게송 중에 오관게를 가장 좋아한다는 어느 스님의 말씀도 이해가 되기 시작한다. '도업을 이루고자'라는 마지막 구절은 스님들이야 도 닦으니까 당연한 거지만, 굳이 나에게 해당 사항이 있겠나 하는 생각에 그리 와닿지 않았는데, 어느 날 스님이 '도업'을 '행복'으로 바꿔 오관게를 읊어 주셨다.

"이 음식이 어디서 왔을까.
내 행동으로 받기 겸손해지네.

마음의 모든 욕심 버리고
몸을 건강하게 하는 약으로 삼아
행복을 이루고자 이 음식을 먹습니다."

마음에 잔잔한 물결이 치듯 행복이 가볍게 일었다.

배우다

당신의 과정엔 애정이 있나요?

그래요, 나 못해요!

사찰요리를 시작한 지 얼마 되지 않았을 때의 일이다. 오이 하나를 쥐고는 채를 썰기 시작했는데, 그런 나를 보던 같은 조의 아주머니 한 분이 못마땅한 표정으로 말했다.

"채 못 썰죠?"

"아, 네……."

"그거 이리 줘요. 우리 딸보고 썰라고 해. 얘 조리과 다녀."

순간 지구 내핵에서 시작된 것 같은 깊고 뜨거운 빡침이, 순식간에 맨틀과 지면을 통과해 내 신발 밑창을

뚫고 정수리까지 닿았다. 아니, 누구는 날 때부터 채 잘 써나? 마그마 분출 직전의 내 표정을 보고 조리과 다니는 딸이 "아, 엄마 왜 이래" 하고 그녀를 말렸지만, 아주머니는 "잘하는 사람이 하는 거지! 네가 해" 하고 내 앞에 놓인 오이를 냉큼 가져갔다. 내 마음이 좀 넓었다면 "제가 요리를 잘하면 이 수업에 안 왔겠지요. 잘하고 싶어서 배우는 거니까 저도 한번 해볼게요" 하고 이야기했겠지만, 아쉽게도 내 마음은 딱 오이 단면만큼의 크기였다. 오백 원짜리 동전보다 살짝 더 큰.

"네, 그럼 잘하는 사람이 다 하세요." 나는 아예 도마까지 밀어주고는 쥐고 있던 칼을 탁 놓고 보란 듯이 팔짱을 꼈다. 내 눈이 오이채처럼 가늘어졌다. 얼마나 잘하나 한번 보자고요.

"어! 그거 아까 스님이 가르쳐주신 거랑 다른 방식이잖아요?"

마침내 오이채 눈뜨기 권법으로 아주머니의 실수를 한 건 발견했지만, 그녀는 "어차피 입에 들어갈 건데 좀 다르면 어때요? 대충 하면 되지" 하고 내 공격을 가볍게 퉁겨냈다. 와, 내로남불이야 뭐야? 아까 채 좀 못 써는 것 가지고 뭐라고 하던 분 맞아요? 그날 완성된 요리는 무슨 맛인지 전혀 알 수 없었다. 수업이 끝날 때까지, 아니 끝나고 나서도 분한 마음뿐이었다.

영화 〈줄리&줄리아〉에서 메릴 스트립이 연기한 전설의 셰프, 줄리아 차일드는 실존인물이다. 미국인인 그녀는 외교관인 남편을 따라 프랑스에 갔다가, 우연히 프랑스 요리에 눈을 뜬다. 프랑스 요리를 배우고 싶다는 열망에 그 유명한 요리 학교인 '르 코르동 블루'에 어렵게 입학하지만, 학생 중 유일한 여자인 데다 실력도 영 젬병이라 자주 무시당한다. 열정으로 똘똘 뭉친 그녀는 집에 돌아와 양파를 산더미처럼 쌓아놓고 밤새 썰면서 실력을 다지고, 마침내 미국 요리사에 한 획을 그은 셰프가 된다. 나도 그날 집으로 돌아와 밤새 오이를 썰었다면, 요리사에 한 획을 긋진 못해도 도마에 칼자국 정도는 새길 수 있었을 텐데. 전설의 셰프가 될 운명은 아닌지 '짜증 나는데 이제 가지 말까'라는 고민을 잠깐 하다 금세 잠에 빠졌다.

이게 왜 되지?

수업에선 채 썰 일이 많았다. 잘 써는 사람도 많았다. 마치 채를 썰기 위해 태어난 것 같은 포스를 풍기며 기계처럼 일정하고 얇은 두께로 찹찹찹 채 써는 고수들이 득실거렸다. 그 아주머니의 지적이 물렁한 내 마음에 따끔한 생채기를 남긴 데다, 고수들 사이에서 기가 죽어 채 썰 재료는 다른 사람 앞에 슬며시 밀어놓았다. 다음 수업 때는 몰래 채칼을 가져와야겠다는 생각을 하면서(역시 난 전설의 셰프가 될 운명은 아닌 것 같다).

그렇지만 피하고 싶어도 마냥 피할 순 없었다. 내가 썬 게 오이였나 당근이었나. 그날도 내가 썬 채는 들쭉날쭉한 굵기와 길이로 제각각의 개성을 뽐내고 있었다. 그 개성 넘치는 결과물을 본 스님이 내 곁으로 와서 직접 시범을 보이며, 채를 어떻게 써는지 찬찬히 알려주셨다. 스님의 칼솜씨에 눈을 뗄 수 없었다. 스님이 그런 나를 보며 말했다.

"내 손을 보지 말고 칼을 잘 봐요. 칼끝을 이렇게 고정하고 물결을 타듯이……."

#콩국수

누군가를 묵묵히 믿고 기다리는 일은 아무나 할 수 없다.

채를 썰며 배웠다.

"이, 이렇게요?"

내 결과물은 엉망이었는데도 스님은 "이제 잘하네요!" 하고 칭찬하셨다. 당연히 그 말을 믿지 않았다.

못한다는 이유로 그냥 넘어갈 수도 있었을 텐데, 한두 번 가르쳐주고 끝낼 수도 있었을 텐데, 그 뒤로 나를 볼 때마다 스님은 "지난번보다 채 써는 솜씨가 많이 늘었네요!" 하고 칭찬해주셨다. 그동안 집에서 오이 하나라도 썰어봤으면 몰라, 사무실에서 종일 키보드만 치다 왔는데 실력이 늘 리가 있나. 당연히 스님의 칭찬을 믿지 않았지만, 마주칠 때마다 자꾸 칭찬을 해주시니 나중엔 '진짜 저번보다 좀 낫나?' 하고 의심하게 되었다. 설리번 선생님이 헬렌 켈러 손바닥에 똑같은 단어를 자꾸만 써준 것처럼, 스님은 아예 내 귀에 칭찬을 새겨 넣기로 작정한 사람 같았다. 그렇게 계절이 가고, 해가 바뀌었다. 어느 날의 수업시간, 스님이 나더러 처음 온 사람에게 채 써는 법을 좀 알려주라고 하셨다. 네? 제가 누구에게 무엇을요? 나를 바라보는 반짝반짝하는 눈동자를 외면할 수도 없고……잔뜩 긴장한 채로 칼을 잡았다. 이럴 때 "자, 여러분! 이게 사찰요리입니다" 하고 시원하게 채를 썰 수 있다면 좋을 텐데.

"아, 저도 잘 못 하는데요……. 제 손을 보지 말고, 칼끝을 보세요. 칼끝을 이렇게 세우고, 물결을 타듯이 이렇게 이렇게……. 어? 되네? 이게 왜 되지?"

내 손이 채를 썰고 있었다. 채 써는 법을 터득하기까지 꼬박 1년이 걸린 셈이다.

이제 겨우 채 써는 법을 알 뿐, 내 실력은 여전히 어설프다. 깔끔하게 썬 채는 아주 가끔 운 좋게 얻어걸릴 뿐. 필 받아서 영화 속 줄리아 차일드처럼 다다다다 채를 썰어보지만, 그렇게 멋있는 척을 하면서 썬 재료들은 말끔하게 떨어지지 않고 우린 결코 헤어질 수 없다는 양 다 붙어 있다, 쩝. 그래도 괜찮다. 줄리아 차일드를 응원하고 그녀의 요리를 한결같이 사랑했던 남편처럼, 나에게도 그런 사람이 있으니까. 나의 과정에 애정을 불어넣어주는 사람이 있으니까.

평가는 누구나 할 수 있지만, 누군가를 묵묵히 믿고 기다리는 일은 아무나 할 수 없다. 눈앞의 현재가 아닌, 오지 않은 미래를 서둘러 칭찬하는 예쁜 마음은 아무나 가질 수 없다. 채를 썰며 배웠다.

쫄지 마! 재료가 얕보니까

다 된 튀김에 물 뿌리기

요리는 불과 칼을 다루는 일이다. 아무리 조심한다 해도 사고는 예기치 않은 데서 발생하기 마련이라 주의에 주의를 거듭해야 한다. 고무장갑을 낀 채로 칼날을 닦다가, 손바닥이 그대로 칼날에 베인 적도 있다 (공포영화의 한 장면처럼 피가 뚝뚝 떨어졌다). 특히 메뉴가 튀김인 날은 내 마음이 유난히 조심스럽다. 한번은 스님의 시연을 가까이서 보겠다고 기름이 끓는 튀김 솥 바로 앞에서 얼쩡거리다 기름이 얼굴에 살짝 튄 적도 있다. 다행히 흉터는 남지 않았지만.

오늘의 메뉴는 봄맞이 두릅튀김. 기름이 얼굴에 튄

지 얼마 되지 않았을 때라, 아직 그 뜨겁고 아찔한 맛을 못 잊고 있던 나는 튀김 솥에서 멀찌감치 떨어져 있었다. 주부 내공 30년 차의 노련한 에이스 언니가 튀김 솥을 맡았다. 그녀의 지휘 아래 튀김이 바싹 노릇하게 익어가는 모습을, 짝사랑하는 남자 바라보듯 가까이 가진 못하고 멀리서 부푼 가슴으로 흐뭇하게 지켜봤다. 짝사랑에 빠진 게 나뿐만은 아닌지, 다들 잘생긴(?) 튀김의 얼굴과 경쾌한 목소리에 취해 튀김 익는 장면을 물끄러미 바라보고 있었다.

튀김을 처음 해본 것도 아닌데 그날따라 왜 그랬는지 모르겠다. 튀김을 건질 요량으로 튀김 망을 꺼냈다. 그냥 갖고 있었더라면 좋았을 텐데 튀김 망을 물로 충분히 씻었다. 때맞춰 튀김을 건지려던 언니가 내 손에 쥐인 튀김 망을 보고는 "와서 튀김 좀 건져 줘"라고 말했고, 나는 튀김 망을 끓는 기름 솥에 덥석 집어넣었다. 수분 가득 물기 촉촉한 로션을 바르자마자 피부 표면에서 물방울이 팡팡 터지는 광고를 본 적이 있다면, 그다음은 말 안 해도 다들 알 거다. 기름과 물이 만나는 순간 파바박! 불꽃, 아니 물꽃 축제가 한바탕 벌어졌다. 아직 잊지 못한 기름 맛을 또 한

번 볼 뻔했다.

스님이 재빨리 달려와 물꽃 축제가 성황인 우리 조
상황을 수습하셨다. 아무도 나를 탓하지 않았지만, 그
게 더 미안하고 부끄러웠다. 왜 튀김 망을 물로 씻고
제대로 닦지 않았는지, 내가 생각해도 알 수 없었다.
제때 건지지 못한 튀김은 새카맣게 타 있었다. 내가
다 망쳤다는 생각에 얼굴이 화끈거렸다. 튀김은 까맣
고 내 얼굴은 빨갛고 머릿속은 새하얗고. 음식도 내기
전에 오방색(노랑, 하양, 빨강, 검정, 파랑) 중 세 가지나 구
현하다니.

쫄지 마, 인생이 얕보니까!

뜨거운 맛도 봤겠다, 한번 사고도 쳤겠다, 튀김 앞
에서 바짝 쫄아 있던 나였다. 튀김 수업이 있는 날엔
아예 저만치 멀리 떨어져 구석에 서 있었다. 튀김이
여, 그대를 너무 사랑하지만 우린 인연이 아닌가 봐
요, 안녕.

그러던 어느 날, 시연을 보이던 스님이 실수를 하셨

다. 앗! 어떡하지? 그 순간 긴장한 건 나였다. 오히려 스님은 그간 쌓은 세월의 내공 덕분인지 천연덕스럽게 웃으며 말씀하셨다.

"여러분, 쫄지 마세요! 재료 앞에서 안달복달하면 재료가 얄봅니다. 농담 같죠? 진짜예요."

쫄지 말라는 스님의 한마디가 쭈글쭈글하던 내 마음을 다림질했다. "맛없어도 누가 먹는다? 내가 먹는다!"는 스님의 연이은 말은 내 마음속 다리미의 온도를 한껏 올렸다. 다림질에 속도가 붙었다.

그래. 세상에 튀겨서 안 맛있는 게 없다는데, 튀김 하나만 잘 배워놓으면 세상 맛있는 것의 절반, 아니 4분의 3은 먹고 들어가는 거 아닌가. 인간이 세상에 태어난 이유는 맛있는 걸 먹기 위해서라고 철석같이 믿고 있으며, 그 숙명에 최선을 다하며 한 걸음 더 인간답게 살아가고자 하는 소박한 개인으로서 차마 튀김을 포기할 순 없었다. 튀김을 못 배우면 세상 맛있는 요리의 4분의 3을 놓치는 건데…… 더 이상 튀김 앞에서 쫄 순 없었다.

봄이면 두릅을, 여름이면 깻잎과 고추와 감자를, 가을이면 연근과 우엉을 튀겼다. 모든 수업마다 기름 솥

#감자부각

우린 맛있는 걸 먹으려고 태어났고
인생에 튀길 건 너무나 많다.

앞에는 튀김용 젓가락을 든 내가 있었다. 젓가락을 솥 바닥에 수직으로 꽂아 기포가 젓가락 주위에 도로록 달라붙으면, 그때가 바로 튀김 재료를 기름에 넣을 운명적 순간이다. 어느 날 물이 통통하게 오른 두릅을 튀겨서 딱 건져냈는데, 평소에 여간해선 말이 없던 스님 한 분이 "튀김 잘했네"라는 다섯 자 평을 남기고 홀연히 지나가셨다. 다섯 자 평이 내겐 별 다섯 개 같았다. 끓는 기름에 물을 끼얹던 내가 마침내 튀김 마스터로 거듭난 영광스러운 날이었다.

실수는 아프다. 부끄럽고 따갑다. 그래서 다시 들여다보기 싫다. 학생 때 오답노트가 성적 향상의 비법이라고 선생님이 입 아프게 말했지만, 기껏 시간 들여 만들어둔 오답노트를 한 번도 제대로 들여다본 적이 없었다. 실수 모음집이나 다름없는 오답노트의 존재 자체가 싫었다. 실수만 탓할 줄 알았지, 실수에 대한 대처법은 내게 없었으니까. 그래서 같은 실수를 반복했고, 그럴수록 더 크게 스스로를 책망했다. 학교를 졸업하고 나서도 나는 좀처럼 달라지지 않았다. 업무에 대한 실수, 관계에 대한 실수, 사랑에 대한 실수……. 수없이 많은 실수를 했고 그래서 정신없이 아프고 부끄러웠지만, 또다시 실수할까 움츠러들 뿐 앞으로 한 발 나아갈 엄두가 안 났다. 누군가 기분 나쁜 표정을 지으면 그게 괜히 내 탓인 것만 같아 두려웠고, 만나고 있던 사람과 언제 헤어질지 몰라 두려웠다. 모든 게 내 탓인 것만 같고 두렵던 날들이 있었다. 자려고 누우면 마음이 아프고 따가워 눈물을 흘렸다.

이제 나는 튀김 요리를 잘한다. 많이 해봤으니 당연하다. 감자도, 버섯도, 가지도, 당근도 잘 튀긴다. 끓는 기름에 물을 집어넣었지만 앞으로 안 그러면 된다. 잘할 때까지 해보면 된다. 튀김뿐인가. 뭐든 다 똑같다고 생각한다. 일도, 사랑도, 공부도, 취미도, 그 무엇이든. 이 글을 읽는 누군가가 아직 지난날의 실수에, 실체 없는 두려움에 갇혀 있다면 이 말을 해주고 싶다.

"쫄지 마! 인생이 얄보니까!"

우리 모두 쫄지 말자. 쫄려고 태어난 건 아니니까. 우린 맛있는 걸 먹으려고 태어났고, 인생에 튀길 건 너무나 많다. 이상, 튀김 마스터였습니다.

너무 맛있어서 헛웃음 나옴

아침부터 수업이 있는 날. 진즉 나서야 했는데 몇 차례나 현관문을 열었다 도로 닫았다. 새벽부터 핸드폰을 울리던 폭설주의보가 마침 또 한 번 울렸다.

'오늘 같은 날은 휴강 안 하나?'

신발을 마저 못 신고 문 앞에 서서 잠깐 망설이다 다시 문을 열었다. 밖으로 한 발 내딛자마자 푹, 하고 발목까지 눈에 파묻혔다. 으악.

"내가 미쳤지, 미쳤어. 이 날씨에……."

걸을 때마다 뽁뽁 소리가 나는 아기용 신발을 신은 것처럼, 한 걸음씩 내디딜 때마다 투덜거리는 소리가 뒤따라 나왔다. 소리의 출처가 신발이 아니라 내 입이긴 하지만. 푹, 미쳤지 미쳤어. 푹, 미쳤지 미쳤어……. 몇 걸음 채 걷지도 않았는데 바람이 워낙 강해 우산이 몇 번이나 뒤집혔다. 얼굴에 정통으로 강풍을 맞느라 추워서 그런 건지, 이 눈바람에도 나서는 내가 웃겨서 그런 건지 어느새 흘러내린 눈물로 눈가가 촉촉했다. 그해 첫눈이었지만, 첫눈의 낭만은 사라진 지 오래였다.

눈을 헤치고 옹심이 로망

"스님, 오늘은 휴강하셨어야죠. 눈이 이렇게나 많이 오는데!"

"휴강은 무슨 휴강이에요."

샤워하고 막 나온 듯, 눈에 젖은 촉촉한 머리카락을 쓸어 올리며 웃음 섞인 투정을 부렸더니 스님이 장난스레 눈을 흘겼다. 오늘의 메뉴는 옹심이 팥죽. 웬만한 메뉴였다면 이 날씨에 포기했을 수도 있지만, 옹심이 팥죽만큼은 그럴 수 없었다. 나의 '옹심이 로망' 때문이다. 옹심이는 '새알'을 뜻하는 강원도 방언으로 보통은 '새알심'이라고 하지만, 사찰요리에서는 새알심이라고 했다간 큰일난다. 말이 마음을 담는다며 붕어빵도 드시지 않는 스님도 있으니까.

어릴 때, 엄마는 팥죽을 만들 때면 우리 남매에게 반죽을 좀 떼어주시곤 했다. 그러면 우리는 낄낄대며 별걸 다 만들었다. 주사위도 만들고, 반지도 만들고, 공룡도 만들고……. 엄마가 "이렇게 만들면 안 익는다!"라고 몇 번이나 으름장을 놓아도 우리가 그 말을 들을 리 없었고, 보통 그렇게 만든 것들은 제대로 안 익어 한입 베어 물면 속에 허연 가루가 그대로 보였다. 만들 땐 신나서 만들었지만 가루가 씹히는 설익은 옹심이는 어린 입에도 맛이 없었으므로, 결국엔 엄마가 빚어 잘 익은 것들만 쏙쏙 골라 먹었다. 그럼에도 폭신폭신하고 말랑말랑한 반죽을 나눠 받으면, 남매는 뭐에 홀린 듯 예술성은 돋보이나 실용성은 제로인 것들을 계속 만들어댔다. 급기야 나중엔 '반죽 책임제'가 정해졌다. 반죽 책임제의 정신은 '만든 놈이 먹는다'. 반죽 책임제 탄생 후에도 우리의 예술혼은 좀처럼 사그라들 줄 몰랐기 때문에, 팥죽을 먹을 때마다 설익은 옹심이를 씹어야 했지만 뭐가 그렇게 좋은지 자꾸만 웃음이 났다.

조금 커서는 한집에 살면서도 하루에 한 번 서로 얼굴 보기가 어려워, 가족이란 이름이 무색할 때가 많았다. 가뜩이나 혼자 살게 되면서는 동지다 뭐다 하는 절기 자체를 잊고 지냈다. 동지는 무슨, 제때 밥도 못 챙기는 데다 미역국도 잊은 생일이 많은데. 여럿이 둘러앉아 옹심이를 빚는 일이 어느새 내게 로망으로 자리 잡았다.

옹심이 하나 먹자고 좁은 방에 친구들을 죄다 불러 모을 수도 없는 노릇이고, 혼자 외로이 방구석에서 옹심이를 빚는 모습은 상상만 해도 슬펐으므로 반드시 오늘 빚어야 했다.

기억과 함께 먹어요

찹쌀가루에 따뜻한 물을 조금씩 부어주면서 힘있게 치대면 반죽이 완성된다. 말이 쉽지, 반죽을 알맞게 하는 게 참 어렵다. 촉촉하고 말랑하고 손가락으로 꾹 눌렀을 때, 흐응 하고 다시 올라오는 그 정도의 알맞음. 물이 모자라면 옹심이를 빚을 때 똑똑 끊어져 모양이 안 잡히고, 물이 많으면 반죽이 질어 끓여낸 옹심이가 푹 퍼진다. 처음 반죽을 만들 때는 '물을 조금씩 넣어야 한다'는 주의사항을 잊고, 물을 한 번에 홀랑 다 넣었다가 세상 찹쌀가루를 다 갖다 부을 뻔했다. 이 무슨 마법인지 처음부터 물을 많이 잡으면, 나중에 아무리 가루를 쏟아부어도 여전히 반죽이 질다. 그때 알았다. 엄마가 대단한 반죽 장인이었다는 걸. 그걸로 주사위도 반지도 공룡도 다 만들었는데 끓여낸 후에도 그들은 건재했으니까.

반죽이 완성되면 이제 옹심이를 빚을 차례. 완성된 반죽을 여러 명이 나눠 옹심이를 빚었다. 옹심이를 빚는 재미는 여러 명이 함께하는 데서 오는 것 같다. 아무리 예술혼 넘치는 꼬마였어도 혼자서 반지나 공룡 따위를 만들었으면 금방 시들해졌을 텐데, 동생과 함께라서 반죽을 만질 때마다 늘 신이 났다. 옹심이를 빚다 반죽이 묻어 간질거리는 손바닥을 긁는 순간, 문득 어릴 때의 예술혼이 되살아나 주사위나 공룡을 만들 뻔했다(여긴 반죽 책임제도 없는데 한번 해봐?). 동글동글 예쁘게 빚은 옹심이를 모아놓으니 꼭 눈송이 같았다. 올려놓은 냄비에는 팥죽이 부글부글 끓고 있고,

창밖에는 눈발이 여전히 흩날리고. 첫눈 오는 날 눈송이를 빚었네, 하고 그제야 아침에 투덜거리느라 눈밭에 갖다 버린 낭만을 줍기 시작했다.

냄비가 탁탁 소리를 내고, 팥죽 표면에 용암 끓듯 커다란 거품이 생기면 만들어둔 옹심이를 넣을 때다. 조금 기다렸다 옹심이가 위로 떠오르면 알맞게 익은 것이니 건지면 된다. 펄펄 김이 나는 뜨거운 팥죽을 한 숟가락 푹 떠서 얼른 입에 넣었다. 반죽이 좀 질었는지 입에 넣자마자 옹심이가 말 그대로 눈 녹듯 사라졌다. 창밖을 바라보니 아까까지 쉼 없이 내리던 눈이 어느새 그쳐 있었다. 눈송이가 다 팥죽 속 옹심이가 되어서 그친 걸지도 모르겠네. 혼자 실없는 생각을 하며 금세 한 그릇을 다 비웠다. 녹은 눈 한 그릇을 다 비운 것 같기도 했다. 레시피 귀퉁이에 조그맣게 감상을 적어 넣었다.

사실 옹심이 자체는 별맛이 없다. 팥죽처럼 따뜻하고 달콤한, 옹심이를 둘러싼 기억과 먹어야 맛있다. 옹심이를 빚겠다고 동생이랑 마주 앉아 깔깔대던 웃음 맛이기도 하고, 첫눈 같은 맛이기도 한. 가끔 지난 레시피를 뒤적일 때가 있는데, 팥죽 레시피 귀퉁이에

적힌 '너무 맛있어서 헛웃음이 나온다', 이 문장을 보면 왜 그렇게 웃음이 나는지. 이 글을 쓰면서도 괜히 웃고 있다.

고명 있는 시간

배 속에 들어가면 흔적도 없이 사라지지만, 요리에
도 엄연히 포장이 있다. 완성된 요리를 내용물이라고
친다면, 요리에 어울리는 그릇을 고르고 알맞게 담아
내고 고명을 올리는 것은 포장에 해당되는 개념이다.
특히 사찰요리는 다른 요리에 비해서 사용하는 재료
도 양념도 제한적이기 때문에, 요리 위에 다소곳이 올
라간 요 쪼끄마한 고명이 해내는 몫이 제법이다. 여주
인공이 얼굴에 점 하나 찍었을 뿐인데 사람들이 전혀
몰라본다는 설정의 드라마가 있었는데, 사찰요리에서
고명의 힘은 여주인공 얼굴 위의 점이 가진 파급력에
맞먹는다고 볼 수 있다.

고명, 그까짓 거……

사찰요리를 배우기 전까지는 고명을 크게 의식하지 않았다. 있으면 좋은데, 없어도 뭐. 잔치국수 위에 얌전하게 자리를 잡고 있는 하얗고 노란 달걀 지단과 김 가루, 짜장면 위에서 싱싱한 자존심을 뿜어내는 오이채와 완두콩, 고명이라 인지조차 하지 못했던 된장찌개의 어슷 썬 빨갛고 파란 고추. 예쁘긴 예쁜데 없어도 크게 맛에 지장은 없으니, 고명은 만든 사람의 수고로움에 따른 먹는 사람의 소박한 기쁨 정도로 인식하고 있었다. 내가 아는 고명도 위에 나열한 달걀 지단이나 김 가루, 어슷 썬 고추 정도밖에 없었고.

그런 내가 사찰요리를 배우며 고명의 세계에 비로소 눈떴다. 대부분의 사찰요리엔 고명이 빠지지 않았다. 수업에서 처음 배운 고명은, 씨를 빼고 돌돌 말아 썬 대추였다. 말랑한 대추에 칼집을 푹 넣어 씨를 쏙 빼내고, 대추를 도마 위에 눕혀놓고 칼등으로 탕탕 쳐서 납작하게 만든 뒤 돌돌 말아 썰면 금세 어여쁜 대추 고명이 탄생했다. 한입 크기로 동그랗게 빚은 밥

위에, 얇게 썬 밤과 돌돌 만 대추 고명을 올리니 근사
했다. 눈으로 먹는다는 게 이런 말이구나 싶었고, 입
으로 가져가기 아깝다는 생각이 들었다.

자칫 심심할 수 있는 밥에는 호박, 당근, 표고버섯
을 각기 채 썰어 곱게 볶은 삼색 고명이, 죽에는 앙증
맞은 잣 고명이 올라갔다. 말간 편수에는 실처럼 가느
다란 홍고추가, 노릇하게 구운 전에는 동그랗게 썬 청
고추가 자태를 더했다. 무심하게 검은깨를 툭툭 몇 번
뿌려주면 밋밋하던 요리에 생동감이 더해졌고, 잣을
곱게 빻아 한 줄로 살며시 뿌려주면 흔한 반도의 버
섯구이가 미슐랭 3스타에 빛나는 고급 레스토랑 요리
로 탈바꿈했다. 요리의 마지막엔 스님들이 으레 긴 젓
가락을 빼 들고 음식 위에 고명을 조심스레 올리는데,
고명을 올리는 스님도 그 모습을 지켜보는 우리도 그
순간 모두 침묵했다. 마법이 완성되는 순결한 순간이
니까.

고명의 의미

고명을 아름다움, 멋으로 알고 지낸 지 꽤 오래되었다. 어느 날, 스님이 고명을 올리면서 우리에게 물어보셨다.

"고명의 의미가 뭔 줄 아세요?"

고명의 의미? 아름다움 아닌가? 선물로 치면 포장 같은 거. 그렇지만 이렇게 빤한 답이면 스님이 물어보실 리가 없지. 다들 나와 비슷한 생각을 하고 있었는지, 누구 하나 섣불리 입을 열지 않았다. 스님이 다시 물어보셨다.

"고명이 올라간 음식을 받으면, 우리가 어떻게 하지요?"

"젓가락으로 흩어요."

스님이 빙그레 웃었다.

"그래요. 고명을 젓가락으로 흩을 때, 우리는 무심결에 알지요. 이 음식은 아무도 손대지 않았다는 걸요. 고명이 올라간 음식은 '내가 오로지 당신을 위해 준비한 음식'이란 뜻이에요."

아! 그렇구나. 고명이 올라간 음식은 '아무도 손대

#녹차설기떡

고명이 올라간 음식은
'내가 오로지 당신을 위해 준비한 음식'이란 뜻이에요.

지 않은 새 음식'이라는 함의를 가지고 있었다. 고명이 올라간 음식은 오직 나를 위한 음식, 나만이 손댈 수 있는 음식이었다. 달걀 지단과 김 가루가 국물 속에서 아무렇게나 춤추는 잔치국수, 면과 혼연일체가 되어 짜장 소스를 덮어쓴 오이채를 보면 단번에 '누가 먹던 건가?'라는 생각을 하게 될 테니까.

어렸을 때, 엄마가 오므라이스를 해주는 날에는 작지만 특별한 의식이 꼭 있었다. 밥을 덮은 매끈하고 노랗게 빛나는 달걀 옷 위에, 엄마가 케첩 통을 들고 큼지막하게 우리 남매의 이름을 각각 써주었다. 케첩을 그리 좋아하진 않았지만, 달걀 옷 위에 엄마가 케첩으로 글씨를 쓰는 순간이 있어야 비로소 이 오므라이스가 완성된다는 걸 우리 모두 알고 있었다. 엄마가 달걀 옷이 꽉 차도록 커다랗게 케첩 글씨를 써주는 순간이 좋았다. 식탁에 앉아서 케첩 통을 든 엄마의 손끝을 가만히 지켜보았다. 글씨를 쓰는 엄마도, 지켜보는 우리도 모두 쉿. 마법이 완성되는 순간에는 침묵해야 한다는 걸 우린 모두 배우지 않아도 이미 알고 있었나 보다. 글씨가 완성되면 그때야 우리는 참았던 숨을 내쉬며 샛노란 달걀 옷을 크게 한 숟갈 떴다. 엄마가 오직 나를 위해 준비한 음식, 내 이름이 새겨져 있는 음식. 한 숟갈 한 숟갈 내 이름을 떠먹으면 몸 안에 퍼지던 따뜻한 기운. 내 인생 최초의 고명, 나를 위한 누군가의 맨 처음 마음.

일하느라 밥때를 조금만 놓쳐도 편의점 김밥조차 없어서 못 사는 그런 나날을 살고 있지만, 바쁜 일상을 쪼개 밥 한 끼 먹는 일이 '해결'해야 할 문제처럼 다가오는 날이 많지만, 욕심을 좀 부려본다면 고명이 소담하게 올라간 끼니를 자주 먹고 싶다.

오늘, 모처럼 시간을 내 요리를 하고 스님들이 하던 것처럼 젓가락을 들고 고명을 조심스레 올렸다. 아무도 손대지 않은 음식, 오직 내가 나를 위해 준비한 음식. 고명을 올리면서 나도 모르게 케첩 통을 들고 글씨를 쓰던 엄마처럼 환하게 웃고 있었다. 엄마의 그 미소를 이제야 조금 닮는다.

된장은 아주 연하게 끓여놓을게

사찰요리는 먹는 사람을 참 많이도 생각한다. 숟가락으로 떠먹는 요리는, 한술 떴을 때 걸림 없이 숟가락에 온전히 담기고 한입에 쏙 들어가기 알맞은 크기로 재료를 손질한다. 떡을 할 때는 먹는 사람이 목이 멜 수 있으니 물김치도 함께 내는 센스를 배우고, 주재료의 성질이 찰 때는 성질이 따뜻한 양념을 곁들여 먹는 이의 몸을 보호한다. 처음엔 뭐 그렇게까지 신경 쓰나 싶었는데, 어느 순간 완성된 요리를 먹어보고 혼자서 여러 가지 보완점을 궁리하는 나를 발견했다.

'이렇게 내면 한입에 먹기 불편하겠네. 한 번 더 잘라서 내면 보는 맛도 있고 먹는 맛도 있겠다.'

'기름 때문에 접시가 금방 지저분해지니까 보기에

안 좋구나. 기름을 한번 빼거나 종이를 깔고 내는 게 깔끔하겠네.'

'날씨가 추워지면 성질이 찬 이 재료 말고 다른 재료를 사용하는 게 좋지 않을까?'

요리를 완성하는 데 그치지 않고, 먹는 사람의 상황이나 기분까지 넌지시 생각하고 있다니. 서당 개 삼년 이펙트란 바로 이런 것인가!

마음의 온도

처음 만난 자리에서 사찰요리를 배우는 중이라고 이야기했을 때, 편견 없이 있는 그대로 궁금해하고 여러 가지 질문을 해준 친구가 있다. 물론 취미가 사찰요리인 사람이 흔하지 않은 건 사실이지만, 사찰요리에 대해 누군가와 제대로 대화를 나눈 건 처음이었다. 그 친구는 사찰요리라는 키워드를 통해 내가 채식을 하고 있음을 자연스럽게 유추한 데다, 채식에 대한 어느 정도의 지식을 갖추고 있어 대화가 잘 통했다. 나는 잘 알지 못하는 사람에겐 보이지 않는 철벽을 은근히 치는 편인데, 그날은 대화가 너무 즐거워 상대방과 처음 만났다는 것도 홀랑 까먹을 만큼 신나게 몇 시간을 떠들었다. 첫날부터 무장해제가 돼버렸다.

그 뒤로 우리가 결정적으로 친해진 계기가 있다. 지난해 여름, 내가 제주도 여행을 마치고 서울로 막 돌아온 날이었다. 그 무렵 친구는 작은 식당을 운영하고 있었는데, 마침 내가 서울에 도착한 게 점심 무렵이라 몹시 허기가 졌다. 번번이 놀러 가겠다는 말만 하고 들르질 못했었는데, 식당 구경도 할 겸 따뜻한 밥 한 끼 얻어먹을 겸 해서 친구에게 카톡을 보냈다.

—나 서울 도착했는데 밥 먹으러 가도 돼? 제주도에서 이것저것 막 먹었더니 속이 엉망이야.

—여기 고깃집인 건 알고 오는 거지? ㅋㅋㅋ

—그럼! 맨밥에 상추라도 싸서 먹을게.

—찾아보니까 채소가 좀 있네. 데쳐줄게.

—그것만으로도 진수성찬입니다.

—아! 시래기도 있다! 채소 데친 물로 시래기 된장국 끓이면 되겠다. 언제쯤 도착하니? 된장은 아주 연하게 끓여놓을게.

'언제쯤 도착하니? 된장은 아주 연하게 끓여놓을

게'라는 그 말이 왜 그렇게 따뜻한지, 가게로 향하는 버스 안에서 줄곧 그 문장을 곱씹어 읽었다.

마음의 태도

집에서 혼자 먹을 된장국을 끓이던 어느 날, 습관처럼 '어떻게 하면 먹는 이가 맛있게 먹을까'를 고민하다가 문득 그날 친구에게 선물 받은 된장국이 생각났다.

"아! 그게 사찰요리였구나!"

나도 모르게 작은 탄성이 터졌다. 자신은 채식을 하지도 않고, 고기 요리를 전문으로 하는 식당이라 재료가 많이 없었을 텐데도, 그저 있는 채소를 가지고 나를 위한 밥상을 차려준 거다. 속이 불편하다는 내 말에 된장은 아주 연하게 풀어야겠다고 생각하면서. 먹는 이를 참 많이도 생각한 밥상이었구나. 배운 적도 없지만 내게 사찰요리를 해준 거다.

종종 친구가 만들어준 된장국을 떠올릴 때면, 마치지금 막 뜨끈한 한 숟갈을 넘긴 것처럼 금세 몸이 따뜻해지고 다시 살아갈 힘을 얻곤 한다. 마음이란 눈에 보이지 않기 때문에 마음을 다하는 태도를 우습게 여기거나 간과하기 쉽지만, 정성을 다한 음식이 한 사람의 몸뿐 아니라 마음까지 따뜻하게 데울 수 있다는 사실을 알게 되니 음식을 허투루 만들 수 없게 됐다.

스님들이 수업을 마칠 때면 "집에서 꼭 다시 해보세요" 하고 말씀하신다. 요리 과정을 복기하며 몸에 익히라는 뜻도 있지만, 먹는 이를 헤아리는 마음을 익히란 뜻도 담겨 있을 거다.

음식뿐이겠는가. 따뜻한 말 한마디, 작은 배려, 다정한 눈빛……. 그 무엇이든 마음이 담겨 있는 것은 어마어마한 힘을 가지고 있다. 요리를 할 때마다 마음의 태도를 연습한다.

너무 예쁘면 젓가락 안 가

예쁘게, 그런데 너무 예쁘게는 말고

창으로 햇살이 반듯하게 들이치는 정오. 오늘 날씨 만큼이나 요리도 흠잡을 데 없다. 고명 크기도 색깔 조화도 이만하면 괜찮다. 요리를 돋보이게 하는 그릇 도 잘 골랐고, 담음새 또한 훌륭하도다!

지난 몇 차례의 수업에서 스님께 여러 차례 피드백 을 받았다. 빨간색 고명을 너무 많이 써서 요리가 산 만해 보인다거나, 그릇 크기에 비해 음식 양이 너무 많다거나, 높이 쌓아 담을 음식을 넓게 펼쳐 담았다거 나…… 이보다 더 인자할 수 없을 것 같은 표정으로 스님이 조곤조곤 말씀해주시는데, 가만히 듣고 있으면 좀 따끔하게 느껴질 때도 있었다.

　완성된 요리가 담긴 각 조의 접시가 테이블 위에 가지런히 놓였다. 딱 봐도 우리 조가 제일 잘한 것 같다. 오늘은 스님도 아무 말 못 하시겠지. 스님께 들을 말이 남았다면 그것은 칭찬? 후훗. TV에 흔히 나오는 서바이벌 오디션처럼, 냉정한 평가의 말이 날아와 가슴 한가운데 푹 꽂히거나 사정없이 점수가 공개되는 것도 아닌데 왕중왕전 진출을 앞둔 출연자처럼 떨렸다. 괜히 양 손바닥을 비볐다. 스님의 젓가락이 마침내 우리 조의 접시에 도착했다. 어서 오세요.

　"자네는 그 뭐야…… 푸드 스타일리스트 해도 되겠어. 요리가 잡지에 나오는 사진 같네."

　스님의 첫마디. 올라가는 입꼬리를 애써 추스르며 아무렇지 않은 척했지만, 이미 한껏 웃고 있는 눈꼬리는 어쩔 거야. 기쁨에 코까지 벌렁거린다. 몇 주간의 부진을 드디어 씻는구나! 그런데 바로 이어진 스님의 말씀에 막 올라가고 벌렁거리고 찌그러지던 눈코입이 딱 굳어버렸다.

　"너무 예쁘면 젓가락이 안 가더라고. 난 다른 거 먹어봐야겠다."

이건 또 무슨 말씀인가. 차라리 무언가가 부족하면 다음번에 보완할 텐데, 너무 예쁘게 담아서 젓가락이 안 간다니. 그동안은 예쁘게 안 담았다고 하셨으면서, 이번엔 너무 예쁘게 담아서 문제라는 말씀인가요. 시무룩한 내 얼굴을 보고 함께한 조원들이 "칭찬이지, 칭찬. 예쁘게 잘했다는 뜻이잖아"라고 말했지만 조금도 위로가 되지 않았다. 머리가 복잡했다. 스님의 젓가락을 부르는 요리는 특징이 있었다. 좋게 말하면 자연스럽고, 나쁘게 말하면 좀 대충 담은 느낌이랄까. 스님이 '담음새가 좋다' '센스가 돋보인다'라고 칭찬한 접시의 주인공은 막상 "그냥 신경 안 쓰고 담았는데요" 하는 무덤덤한 반응. 그런데 칭찬받은 조와 우리 조의 접시를 비교하면, 확실히 칭찬받은 쪽이 훨씬 먹음직스러웠다. 수업을 마치고 집에 가는데 속상해서 눈물이 났다. 이게 뭐라고 진짜.

그저 사랑하는 마음이면 돼

스님이 수업시간마다 일러주신 이것저것을 다 지키

잘하고 싶은 마음을 지우고 나니
거기엔 그저 사랑하는 마음이 있었다.

려고 하다 보면 나도 모르게 힘이 들어갔다. 당근 하나, 버섯 하나, 오이 하나…… 더없이 소박한 재료로 만들어지는 사찰요리에 매번 감탄하면서도, 욕심 없이 담백한 마음으로 담은 요리가 훨씬 자연스럽고 예쁜 걸 잘 알면서도, 도무지 힘 빼는 법을 몰랐다. 힘 빼려고 애쓰느라 힘을 꽉 주고 있는 꼴이랄까. 수영장에 가면 귀가 닳도록 듣는 "힘 빼!"라는 말을 도무지 몸으로 이해할 수 없어, 매번 바닥으로 꼬로록 가라앉곤 했던 것처럼. 그래서 지금도 수영을 못한다.

힘을 빼려고 안달복달하느라 오히려 힘이 꽉 들어간 아이러니가 내게 요리와 수영 말고 또 하나 있었다. 바로 글쓰기. 사찰요리를 배우면서 마음이 가볍게 통— 하고 울리는 순간이 많았고, 그런 순간을 그냥 흘려버리기 아까워 글로 남기고 싶었다. 그런데 도무지 어떻게 시작해야 할지 감조차 오지 않았다. 내가 스님도 아니고 요리사도 아닌데 사찰요리라니…….
요리에 매진하던 어느날, 갑자기 귀가 트여 가지와 쑥갓의 말이 들리게 된 것도 아니고, 실력을 갈고닦은 끝에 사찰요리 대회에 나가서 우승을 거머쥔 것도 아닌데. 나는 사찰요리에 대해서 무슨 이야기를 해야 할까, 무슨 이야기를 할 수 있을까 싶었다. 내 마음이 울리던 순간은 돌아보면 시시했다. 그런 이야기를 과연 누가 궁금해할까 싶어 쓰기도 전에 한숨부터 나왔다.

새벽부터 컴퓨터를 켜고 결연한 자세로 앉아 빈 화면을 노려봤지만, 한 글자도 못 쓰는 날이 많았다. 그런 날을 숱하게 보내고서야, 그건 내가 할 일이 아니고 내가 할 수 있는 일도 아니란 걸 알았다. 그제야 수업을 들으며 레시피 귀퉁이에 조그맣게 끄적거렸던 글씨를 들여다보고, 요리하며 만났던 얼굴과 무심코 스친 말을 더듬고 다듬기 시작했다. 시시하다고 저만치 밀어뒀던 순간이 글 속에서 되살아날 때마다, 다시 내 마음이 통— 하고 울렸다. 잘하고 싶은 마음을 지우고 나니 거기엔 그저 사랑하는 마음이 있었다.

사랑하면 당연히 잘하고 싶다. 그렇지만 잘하고 싶은 마음이 앞서면 사랑을 놓치게 된다. 스님이 내게 알려주려던 건 그게 아니었을까. 무슨 일을 하든 그 안에 깃든 사랑을 놓치지 말라고. 그렇게 요리하고, 그렇게 글을 쓰고, 그렇게 살아가라고.

뿌리의 힘을 믿어요

기세 좋게 들끓던 여름을 지나 어느 사이 가을, 푸르게 빛나던 잎의 계절이 저물고 이제 뿌리의 계절이다. 모두가 여름이 뿜어내는 눈부신 초록에 취해 있는 동안, 깊은 땅속에서 고요히 세를 키워온 무, 토란, 우엉이 드디어 세상 밖으로 고개를 빼꼼 내미는 시간. 뿌리의 계절이 왔음을 알리는 대표적인 사찰요리가 바로 육근탕이다.

세상의 보이지 않는 곳에서

육근탕六根湯은 말 그대로 '여섯 가지 뿌리를 넣은

탕'이다. 무, 토란, 우엉, 당근, 연근, 감자를 넣고 오랜
시간 푹 고아내 우러나온 달착지근한 진액을 먹는다.
재료를 쩨쩨하게 썰어 넣는 게 아니라, 통으로 큼직큼
직하게 썰어 푹 고는 게 육근탕의 핵심 비법으로, 해
인사 보현암에 계신 정효 스님의 시그니처 메뉴이기
도 하다.

정효 스님께 처음 육근탕을 배운 건 2년 전, 몹시
추운 어느 날이었다. 스님이 '나의 시그니처 메뉴'라
고 늘 말씀하시던 육근탕을 드디어 배운다는 사실에
들떠 있었다. 들뜬 나와는 다르게, 그날의 스님은 어
느 때보다 고요했다. 숙연한 분위기마저 감돌았다. 스
님이 오늘 좀 피곤하신가? 무슨 일이 있으신가? 가라
앉은 공기 속에서 스님이 한참 만에 입을 여셨다.

"용맹 정진 마지막 날에 참가하느라 밤을 꼬박 새
우고 강의하러 달려왔어요."

용맹 정진은 스님들이 일주일 동안 이부자리를 펴
지 않고 꼬박 앉아 하는 수행으로, 극한의 수행법 중
하나이다. 너무 고된 나머지 밥을 먹다가 그대로 잠들
어 발우(스님의 밥그릇)에 코를 박는 이도 있고, 화장실
에 빠지는 이도 있을 정도라고 한다. 일주일 동안 잠

못 자고 한자리에 앉아 있으면 뼈가 틀어지는 건 물론이고 나중엔 잇몸이 부어서 두부도 못 씹을 지경이 되는데, 육근탕은 바로 그때 먹는 음식이라고 정효 스님이 알려주셨다.

"세상의 보이지 않는 곳에서는 그토록 처절하게 수행하는 이도 있습니다. 그 모습을 보면 마음이 경건해져요."

이 말을 하는 스님의 눈가와 목소리가 조금 떨렸다. 두부도 못 씹을 정도로 시뻘겋게 부은 잇몸을 떠올려봤다. 그렇게 처절하게 나를 내던져서 얻고자 하는 건 무엇일까? 그 마음을 차마 짐작할 수 없는 내 마음도 조금 떨렸다.

세상의 뿌리를 응원합니다

지난가을도 어김없이 정효 스님의 육근탕과 함께였다. 오랜 시간 골수록 달큰하게 우러나오는 진액처럼, 육근탕에 우러나는 스님의 이야기도 돌아오는 가을마다 더욱 깊고 진해진다.

#육근탕

세상의 뿌리 같은 이들이
뿌리를 먹으며 기운 내기를.

정효 스님이 어린 나이에 출가한 절에 혜춘 스님이라는 노스님이 한 분 계셨는데, 그분이 힘들게 수행하는 스님들을 위해 개발한 메뉴가 바로 육근탕이다. 당시 노스님이 머물던 절 이름만 대도 다른 스님들이 "아, 육근탕!" 하고 이야기할 정도였다고 한다. 육근탕을 만드는 날이면 어린 정효 스님은 노스님을 도와 가마솥을 저어가며 하루를 꼬박 야채를 고았고, 그런 시간이 켜켜이 쌓여 육근탕이 정효 스님의 시그니처 메뉴가 된 것.

육근탕 수업이 있는 날엔, 평소엔 은근한 장난기가 엿보이는 정효 스님의 표정이 유독 엄숙하고 차분하다. 수행하는 스님들을 위해 뜨거운 가마솥을 젓던, 그들을 바라보며 벅찬 마음에 눈물짓던, 때론 함께 앉아 밤을 지새우며 고된 시간을 견디던 정효 스님의 시간이 한 그릇 탕에 고스란히 담겨 있다.

육근탕은 어느 때보다 경건한 마음으로 짓는 음식, 목숨을 걸고 수행하는 이들에겐 생명 그 자체인 음식이다. 땅의 에너지를 가득 안은 뿌리란 뿌리는 다 넣고, 정성이란 정성도 죄다 넣어서 그렇게 오랜 시간 고아내는 음식이다. 한 그릇 훌훌 마시고, 세상에 너의 뿌리를 내리라고, 마침내 흔들림 없는 뿌리가 되라고. 소리 없는 응원을 담뿍 담아서.

뿌리는 보이지 않는다. 찬란한 꽃과 싱싱한 잎사귀에 취하느라 뿌리를 자주 잊었다. 그렇지만 가만히 돌아보면 세상의 모든 일은 뿌리가 한다. 싹을 틔워 올리고 꽃을 피워내는 일 모두 뿌리가 있어야 비로소 가능하다. 세상의 보이지 않는 곳에서 처절하게 수행하는 이들처럼, 뿌리도 알아주는 이 아랑곳 않고 매일을 고요하게, 성실하게, 튼튼하게 자라나고 있다. 어느 누군가가 세상의 꽃이고 잎이라면 누군가는 말없이 뿌리의 몫을 감당하고 있다.

육근탕을 한 숟가락 뜬다. 뿌리를 먹으며 잊었던 뿌리를 비로소 생각하는 계절이다. 세상의 뿌리 같은 이들이 뿌리를 먹으며 기운 내기를. 나 역시 고요히 나의 뿌리를 내릴 수 있기를, 흔들림 없는 뿌리가 되기를. 해마다 돌아오는 뿌리의 시간이 반갑고, 또 고맙다.

정답은 냉장고 제일 안쪽에

네? 뭘 먹으라고요?

하루는 수업 시작 전에 스님이 물어보셨다.

"건강하려면 뭘 먹어야 할까요?"

사람들 대답이 다양했다. 채소요, 보약이요, 과일이요, 비타민이요…….

'에이, 보나마나 사찰요리 먹으라는 말씀이겠지.'

정답을 넘겨짚곤 그날 배울 레시피를 들여다보고 있는데, 스님이 한 말은 뜻밖이었다. 내가 잘못 들었나 싶어 고개를 들어 스님 얼굴을 바라보았다. 스님의 한마디는 바로…….

"냉장고 제일 안쪽에 처박힌 거."

냉장고 제일 안쪽에 처박힌 걸 먹으라고요? 마치 실사판 테트리스 게임처럼 칸칸마다 반찬통이 가득한 우리 집 냉장고에는 이미 뭘 더 넣을 틈도 없었다. 당연히 냉장고 제일 안쪽에 뭐가 있는지 기억이 날리가! 어렴풋한 지난밤 꿈을 더듬듯, 냉장고 안쪽의 줄거리를 기억해내려는 사람들의 표정을 보며 스님이 씽긋 웃었다.

"냉장고 제일 안쪽에 뭐가 있을까요? 기억도 안 나죠? 집에 가서 살펴보시면 아마 고추장, 된장, 장아찌 같은 게 있을 겁니다. 그런 것들이 내 건강을 지켜준다니 이상하죠? 너무 시시해서 있는지 없는지도 모르고, 몇 년 묵혀놔도 썩지도 않는 것들이야말로 나를 받쳐주고, 내 건강을 책임집니다. 보약, 과일, 비타민, 이런 게 아니라 실은 하찮고 시시한 것들이 내 건강을 지켜요."

그날 집에 가서 냉장고 제일 안쪽을 살펴보진 않았지만(차마 엄두가 안 났다), 이렇게 게으른 나도 미루고 미루다 결국엔 문을 열고 안쪽을 기웃기웃 살펴볼 수밖에 없었던 냉장고가 있다. 그 냉장고는 모든 사람이 한 대씩 다 가지고 있다. 양문형도, 서랍형도, 얼음 정수기가 딸린 냉장고도 아니다. 바로 '일상'이라는 냉장고다.

일상의 안쪽에 처박힌 것

2020년의 시작과 함께 코로나19 바이러스(이하 코로나)가 전 세계를 덮쳤다. 나도, 그리고 주위 사람들도 처음엔 사태의 심각성을 인지하지 못했다. 덜 닫힌 냉장고 문틈으로 조금씩 새어 나오는 냉기를 단박에 알아차리지 못하는 것처럼. 그런데 상황이 긴박하게 돌아가기 시작했다. 하룻밤 사이에 500명도 넘는 확진자가 나오고, 바이러스 감염으로 인한 사망자가 발생했다. 핸드폰엔 하루에도 수십 번씩 확진자 발생을 알리는 경보음이 울렸다. 버스, 지하철, 영화관, 사무실, 각종 모임…… 감염경로도 다양했기에 되도록 사람들과 접촉을 피하고 외출을 삼가는 '사회적 거리두기' 캠페인이 시작되었다. 즐겨 찾던 카페가 문을 닫았고, 오래 기다려온 공연도 줄줄이 취소되었다. 당연히 사찰요리 수업도 중단되어버렸다. 주말 아침이면 으레 칼을 쥐고 불 앞에 서 있어야 하는데, 칼 대신 핸드폰을 쥐고 이불 안에 누워 있게 됐다.

왕왕왕왕— 요란한 모터 소리와 함께 바쁘게 굴러가던 내 일상이 딱 멈췄다. 매일 뭔가를 해내느라 일상의 칸칸을 빼곡히 채우는 데만 급급하다(회사를 잠깐 쉴 때는 한 달에 무려 여덟 가지 학원을 다니기도 했으니), 일상이 멈추고 나니 비로소 제일 안쪽에 뭐가 있는지 보이기 시작했다. 냉장고가 고장나면 그제야 기웃기웃 냉장고 안쪽을 살피는 것처럼. 코로나가 내 일상의 코드를 뽑은 셈이다.

대구에 있어 몇 달째 얼굴을 보지 못한 가족들, 서로 마주 앉아 몇 시간이고 이야기를 나누던 친구들, 마음이 힘든 날이면 찾아가 몸을 푹 파묻곤 했던 푹신한 영화관 의자, 햇살이 근사하게 들어오는 카페 창가 자리, 별생각 없이 퇴근길에 들른 서점에서 발견한 한 문장, 마스크를 쓰지 않은 맨 얼굴에 닿는 선선한 아침 공기, 사찰요리 수업이 끝나고 언니들과 함께 달려가던 떡볶이집……. 자연스럽고 익숙해서 언제까지고 내 삶에 머물 거라 생각했던 것들, 의미도 모르고 만끽했던 것들이 이제까지의 내 삶을 말없이 든든하게

#방울토마토장아찌

"이렇게 시시한 게 삶에서 중요한 거라는
지혜를 배우는 거예요."

받쳐주고 있었다.

요즘은 예고도 없이 무시로 날아오는 엄마의 반찬 택배, 아빠가 아침마다 카톡으로 보내오는 대구 집의 꽃 사진(덕분에 매일이 꽃모닝이다), 안부를 묻는 반가운 전화가 내 일상을 슬며시 받쳐주는 중이다.

냉장고 안에 처박힌 걸 먹으라던 스님의 말씀을 마저 옮긴다.

"사찰요리 별거 없어요. 시시해요. 이걸 왜 돈 주고 배우나 하는 분들도 있을 텐데, 이걸 돈 주고 배웁니다. 수업시간에 요리 기술 배우는 게 아니에요. 너무 쉽고 간단해요. 사찰요리는 레시피를 배우는 게 아니라, 이렇게 시시한 게 삶에서 중요하다는 지혜를 배우는 거예요."

코로나가 물러가면 누구보다도 제일 먼저 기차를 타고 집에 가서 엄마가 해주는 밥 먹어야지. 밥을 실컷 먹은 후에는, 내가 아주 어릴 때부터 다녔던 작고 오래된 동네 목욕탕에 가서 뜨거운 탕에 몸을 푹 담가야지. 목욕탕 다녀온 후에는 엄마랑 둘이 영화관 맨 뒷줄에 앉아서, 아니 뭘 이런 거까지 챙겨 왔냐며 엄마 가방에서 자꾸 나오는 간식을 나눠 먹으면서 함께

영화를 봐야지. 영화를 보고 집으로 돌아가면 "또 둘이서만 데이트했나!" 하고 귀엽게 질투하는 아빠가 있겠지. '경상도 남자란 이런 것이다'를 온몸으로 보여주는 동생이 "왔나?"라는 무뚝뚝한 두 글자에 담아 건네는 '보고 싶었데이 누나야'를 해독하는 것은 언제나 나의 몫.

글을 쓰면서 눈물이 핑 도는 걸 보니, 가족들이 몹시도 보고 싶나 보다. 바쁘다는 핑계로 끽해야 두어 달에 한 번 얼굴 비칠까 말까 했으면서. 냉장고 저 안쪽의 소중함은 코로나 때문에 실컷 배웠으니, 얼른 다시 일상을 되찾았으면 좋겠다.

튜닝의 끝은 순정이랬어

똑같은 맛

한동안 사찰요리 수업에 친구 한 명을 끌고 다녔다. 할 줄 아는 거라곤 라면 끓이는 게 전부인 친구였는데, 막상 수업을 시작하니 칼질도 곧잘 하는 데다 골똘히 집중하는 표정을 봐서 요리에 금세 흥미를 붙인 듯했다. 함께 수업을 들으며 무려 네 시간 동안 두부 반 모를 만드느라 낑낑댄 적도 있고(두부는 사 먹는 거라는 깊은 교훈을 얻었다), 여름날 끓는 기름 솥 앞에서 땀을 뚝뚝 흘리며 이열치열의 정신으로 무더위에 맞서보기도 했다. 혼자 배웠으면 심심하고 외롭기도 했을 텐데, 친구가 이렇게 함께해주니 마음이 든든했다. 앞으로 같이 고추장도 간장도 마스터하자는 야심 찬 계획도 세웠다.

그러던 어느 날 친구가 입을 열었다.

"나 이제 사찰요리 안 배우려고."

미래에서 익어가던 고추장과 간장이, 끓는 물에 넣은 소금 한 꼬집처럼 신속하고 고요하게 사라지는 순간이었다. 요리할 때 즐거운 건 나뿐이었니? 속상한 마음을 티 내지 않으려 애썼다.

"……갑자기 왜?"

이어지는 친구의 대답은, 내 입술 사이를 비집고 나오려는 설득의 말을 원천 봉쇄했다.

"사찰요리는 다 똑같은 맛이 나."

"……."

그동안 써온 글에서 '사찰요리는 맛있다' '기존에 접했던 것과는 차원이 다른 맛이다' 등의 말로 사찰요리를 찬양했지만, 사실 친구의 말이 맞았다. 사찰요리는 다 '똑같은' 맛이 난다. 새큼해야 할 음식에서 새큼한 맛이 안 나고, 으레 매워야 할 음식에서 매운맛이 안 난다는 뜻이 아니다. 모든 사찰요리에서는 '본질적인 맛'이 났다. 이 맛을 콕 집어 무어라 설명할 수 없었기 때문에, 친구의 말에 아무런 반박을 할 수 없었다. 친구를 이해하면서도 한편으론 원망했다. 나를 버리고 떠나는 이를 위해 진달래꽃 한 아름 따다 흩뿌려줄 아름다운 아량의 소유자는 아니었으니. 그럴 꽃 있으면 화전이나 부쳐 먹지.

그 뒤론 주위에서 사찰요리에 대한 궁금증을 내비쳐도 배움의 장으로 흔쾌히 초대하지 못했다. 잔뜩 기대하고 온 사람에게 실망만 안겨주면 어떡하나, 똑같은 맛이 난다고 하면 어쩌나 싶어 마음이 주춤거렸다.

몸이 느끼는 맛

여느 때처럼 스님의 질문으로 수업이 시작되었다.

"사찰요리의 특징이 뭐지요?"

백 번도 넘게 듣고 답한 그 질문 앞에서, 이제는 누가 나를 툭 찌르기만 해도 대답이 자판기 음료처럼 톡 튀어나올 정도.

"고기를 안 먹어요, 오신채를 금해요, 제철 재료를 써요."

"고기를 왜 안 먹지요? 오신채가 무엇이고 왜 안 쓰지요? 제철 재료를 사용하는 이유는 뭐지요? 이 계절에 나는 제철 재료는 어떤 게 있지요?"

이어지는 질문에도 내 대답은 막힘없이 흐르는 물! 그날도 평소처럼 쭉 대답했는데, 스님이 웃으며 가만히 고개를 저었다.

"다 맞는 말이긴 한데, 가장 중요한 특징이 빠졌습니다."

가장 중요한 특징? 머릿속으로 손가락을 아무리 꼽아봐도 빠뜨린 게 없었다. 내가 그동안 몰랐던 사찰요리의 특징이 있었나? 순식간에 고장 난 자판기가 되어버린 나에게 들려오는 스님의 한마디.

"사찰요리의 가장 중요한 특징은 담백하다는 거예요."

사찰요리가 여느 요리에 비해 자극적이지 않은 것은 사실이다. 채소와 과일, 곡류가 주 재료이고, 재료 본연의 맛을 끌어올리기 위해 양념도 소금, 간장, 된장 정도로 기본적인 것만 사용하니까. 한마디로 복잡하지 않다. 그렇지만 담백함이 사찰요리의 가장 큰 특징이 될 수 있나? 물음표투성이인 내 모습을 보며 스

친구가 살금살금 돌아온다면
환영의 의미로 진달래 화전이나 부쳐줘야지.

님이 다시 물으셨다.

"너무 맵거나 달고 시고 짠 걸 먹으면 어떤가요?"

"속이 아파요."

"지나친 맛은 속을 훑고, 몸속의 장기를 칩니다(자극합니다). 그에 비해 담백한 맛은 어떨까요?"

"속이 편해요."

"그래요. 담백한 맛은 배꼽에 모여서 몸의 기운을 돌려주는(순환시키는) 역할을 합니다. 그게 바로 사찰음식이에요."

아, 그러니까 사찰음식은 몸의 에너지를 순환시키는 음식이구나! 친구가 푸념했던 '다 똑같은 맛'은, 실은 혀에서 느끼는 맛이 아니라 몸이 느끼는 맛이었던 셈이다. 내 몸이 고요하고 편안한 상태.

요즘은 자극적인 맛이 확실히 인기다. 맵기로 유명한 '불닭볶음면'이 처음 나왔을 때 혀끝에 찍어 맛만 보고는 매워서 난리를 피웠기에, 훨씬 더 매운 '핵불닭볶음면'이 나왔을 때는 차마 엄두도 못 냈다. 유튜브에서는 과식과 괴식 먹방이 유행이다. 한 사람이 20인분의 끼니를 너끈히 먹어치우는 영상, 희한한 음식을 먹는 영상이 인기를 모은다. 유튜버들 사이에서 한때 '세계에서 제일 매운 과자 먹기'가 유행한 적 있었는데, 도전했다가 결국 응급실에 실려 간 이도 있었다. 물론 나도 맛에 대한 호기심이 많아 새로운 음식이 궁금하다. 다만 낯선 것을 찾아 떠나는 모험은 좋지만, 다리를 절뚝거리면서까지 모험을 강행할 필요는 없지 않을까.

'튜닝의 끝은 결국 순정'이라는 말이 있다. 흔히 자동차 튜닝에 쓰이는 말인데, 고가의 차를 일용품처럼 휙휙 바꾸진 못하니 부품이나 액세서리로 조금씩 손을 대지만, 결국 마지막에 찾게 되는 것은 자동차의 원상태라는 뜻이다.

입맛도 비슷하지 않을까? 지금은 혀가 아리고 속이 뒤집힐 정도로 달고 매콤하고 자극적인 걸로 열심히 몸을 튜닝하지만, 언젠가는 멀건 흰 쌀죽 한 그릇으로 속을 달래고 싶은 날이 오지 않으려나. 속 편한 게 싫어 떠난 친구가 불편한 속을 안고 다시 살금살금 돌아온다면, 그땐 환영의 의미로 진달래 화전이나 부쳐줘야지.

당신의 호박범벅

호박범벅의 긍정적 영향

엄마는 호박범벅을 세상에서 제일 싫어한다. 호박범벅은 아무런 죄가 없다. 다만 주야장천 호박범벅만 만들어댄 외할머니 때문이다. 외할머니가 줄곧 호박범벅만 만들었던 이유는 별다른 게 아니다. 요리 실력이 형편없던 외할머니에게 그나마 자신 있던 요리가 바로 호박범벅이었던 것. 엄마의 유년은 당연히 호박범벅으로 범벅이 되었다(같은 맥락에서 강원도에서 나고 자란 아버지가 절대 입에 대지 않는 것이 감자다).

그녀의 호박범벅은 다른 의미에선 자식들에게 긍정적인 영향을 끼쳤다. 엄마는 호박범벅을 먹을 때마다 미래의 자식들에겐 맛있는 것을 먹이겠다는 각오를 다졌는지 결혼을 하며 요리왕으로 다시 태어났고, 엄마와 두 살 터울인 외삼촌은 어떤 음식이든 너그럽고 맛있게 먹는 입맛의 소유자가 되었다. 한번은 외숙모가 신혼 때 이야기를 꺼내며 "내가 뭘 만들든 느이 삼촌이 너무 맛있다는 거야. 뭐든 맛있다고 하니까 나중엔 진정성이 의심되더라고" 하고 이야기할 정도였으니.

외할머니의 호박범벅은 외손녀에게도 썩 긍정적인 영향을 끼쳤다. 내 인생 최초이자 최고의 호박범벅이었으니까. 겨울이면 으레 외할머니가 해주는 호박범벅을 먹었다. 들뜬 마음으로 숟가락을 푹 찔러 넣으면 끈적하게 달라붙는, 색은 누렇고 콩과 팥이 서걱서걱 씹히고, 그 밖에는 뭐가 들어갔는지 잘 알 수 없지만 달착지근한 맛이 혀끝에 닿았다가 목구멍으로 쑥 넘어가는 그 호박범벅! 외할머니가 돌아가신 뒤로 추운 계절이면 호박범벅 파는 곳을 기웃거렸지만, 파는 곳 자체가 많지 않은 데다 겨우 찾아도 그 맛이 안 났다. 누렇고 끈적하고 목구멍으로 쑥 넘어가는 미끄덩한 맛은 그야말로 외할머니만 낼 수 있는 거였으니까.

보고 싶어요, 당신

엄마가 앞으로도 절대 해줄 리 없으니, 앞으로 호박 범벅이 먹고 싶으면 내가 만들어야 했다. 외할머니 맛을 흉내내려고 몇 번이나 호박범벅 수업을 들었다. 스님께 배운 대로 물을 조금 잡고 호박을 푹푹 삶은 뒤, 콩과 팥 따위를 넣고 찹쌀가루를 풀어 되직하게 만들면 끝이다. 맛있다. 맛있는데 그 맛은 없다. 가만히 인정할 수밖에 없었다. 내 인생 최초이자 최고의 호박범벅은 이제 사라져버렸다는 걸.

외할머니가 워낙 요리를 못했으니, 그녀가 해준 음식에 대한 기억을 곱씹게 될 거라곤 미처 생각 못 했다. 명절엔 두께 1센티미터는 족히 넘는 고구마가 튀김옷과 일찌감치 등을 돌린 채 입안에서 따로 놀았고, 가끔 외할머니 집에서 밥을 먹을 때면 내 젓가락은 밥상에 좀처럼 발붙이지 못하고 방랑자처럼 그 위를 배회했다. 그래도 가만히 생각해보면 전기밥솥에서 갓 꺼낸 강된장과 고춧가루를 잔뜩 뿌린 달걀찜과 희한한 빵 같은 게 있었다.

오래된 전기밥솥에서 엄청나게 부풀었다가 순식간

에 쪼그라드는 달걀찜을 보며 외할머니와 마주 보고 웃었던 작은 순간이 있다. 그녀의 독보적인 레시피로 만든 빵을 먹으며 "이건 대체 어떻게 만드는 거예요?" 하고 궁금해서 좁은 주방을 기웃거렸던 시간이 있다. 기대에 차서 외할머니가 싸준 도시락 뚜껑을 열었을 때, 눈 내린 들판 가운데 외롭게 서 있는 빨간 우체통처럼 드넓게 펼쳐진 흰쌀밥 위에 붉은 우메보시 딱 한 알이 정중앙에 박힌 것을 보고, 웃지도 못하고 아연실색한 기억도 있다.

문득 궁금하다. 외할머니가 즐겨 만들던 호박범벅은 당신이 좋아하던 것이었을까, 싫어하던 것이었을까. 한 남자의 아내이자 삼 남매의 엄마이자 호박범벅을 유난히 좋아하던 어떤 여자아이의 외할머니 말고, 그녀가 온전히 당신 자신이었던 순간은 언제였을까. 호박범벅이 주부로서의 의무이자 책임이었다면, 어쩌면 그녀 자신도 꼴도 보기 싫을 음식이었다면, 호박범벅으로 당신을 추억하는 나는 어쩐지 좀 미안할 것만 같은데.

제법 오래된 미래

세계 유명 셰프들을 다룬 넷플릭스 다큐멘터리 〈셰프의 테이블〉에서 정관 스님은, 곧 장풍이 나갈 것 같은 절도 있는 손동작으로 독 속에 담긴 간장을 휘저으며 한마디 하신다.

"지금 제가 간장이 중요하다는 것을 느끼고 있죠. 그렇다면 저는 현재에만 있는 게 아니라 과거에도 있었고, 미래에도 있는 겁니다. 간장은 떨어뜨릴 수가 없죠. 생명줄입니다."

현재, 과거, 미래를 넘나드는 스님의 말씀은 알 듯 말 듯 아리송했지만, 한 가지는 확실히 알 수 있었다. 아, 사찰요리의 정수는 간장이구나.

간장 앞에선 긴장이 된다

"집간장 두 큰술, 진간장 한 큰술 넣고……." 스님의 말씀에 "예? 집간장이요? 진간장이요?" 다급하게 되묻는 나.

고백하자면 아직도 나는 간알못(간장을 잘 알지 못하는 사람)이다. 수업 시간마다 이런 상황이 자주 반복된다. 간장이 사찰요리의 중추를 담당하는 만큼, 스님들도 틈날 때마다 간장에 대한 언급을 자주 하신다.

"이 요리에는 무슨 간장을 쓸까요?"

"맛간장은 이렇게 저렇게 만들고, 요기조기에 쓰면 좋고……."

사찰요리에 사용하는 양념은 단순하다. 설탕도 아주 가끔 사용하는 걸 감안하면 거의 모든 사찰요리는 소금과 간장, 요 두 가지로 승부를 본다. 소금은 말 그대로 소금인데 간장으로 들어가면 조금 복잡해진다. 집간장, 진간장, 맛간장, 조선간장, 왜간장, 양조간장……. 이름은 하나인데 별명은 서너 개인 남동생처럼, 간장이면 다 같은 간장인 줄 알았더니 무슨 종류가 이다지도 많은 건지. 사찰요리를 배우며 간장의 세계가 그토록 복잡하고 오묘한지 비로소 알게 되었다.

이 글을 읽는 당신이 요리를 하는 사람이라면, 간장을 보통 언제 쓰는가? 국의 간을 맞출 때? 나물 무칠 때? 만두나 전을 찍어 먹을 양념장을 만들 때? 실은 굳이 간장이 아니어도 될 때가 많다. 내가 그동안 간장의 중요성을 간과할 수 있었던 것도, 간장을 대체할 수 있는 여러 가지가 있었기 때문이다.

그렇지만 사찰요리엔 쓸 수 있는 재료가 상당히 제한적이다. 고기도, 생선도 쓸 수 없으니 재료 특유의 맛에 기댈 수 없는 데다 한 방울이면 끝장난다는 굴소스니 액젓이니 하는 것도 안 된다. 그뿐인가, 오신채도 못 쓰니 요리의 풍미를 끌어올릴 힘이 절대적으로 부족하다. 온통 안 되는 것투성이라 사방이 꽉 막힌 것 같은 사찰요리에 무한한 가능성을 열어주는 게 바로 간장이다. 재료 본연의 맛을 끌어올리고, 요리에 풍미를 더하고, 맛의 균형을 잡는다. 심지어는 색도 맞춘다. 이 모든 걸 간장이 다 해낸다. 그것도 완벽하게.

지난여름 배웠던 비빔국수는 간장 딱 한 숟갈만 넣고 심심하게 만들었는데도 한 그릇 뚝딱 비웠고, 간장으로 만든 샐러드 소스는 의외로 상큼하고 산뜻했다. 다 된 요리에 뭔가 좀 아쉽다 싶을 때도 간장 한 숟갈이면 금세 해결된다. 급하게 채수가 필요할 땐 생수에 간장 몇 숟갈만 넣어 대신 사용할 수도 있다. 간장과 함께라면 그 어떤 재료를 갖다줘도 마음이 이토록 든든하니, 요리를 할 때마다 생각하지 않을 수 없다. 이렇게 맛있고 훌륭한 간장은 도대체 누가 만들었을까?

간장 맛을 아시나요?

간장의 역사는 꽤 오래전으로 거슬러 올라간다. 고구려 벽화에서도 장독을 볼 수 있고, 신라시대엔 폐백 품목으로 간장과 된장이 등장한다. 그만큼 간장이 중요한 대접을 받았다는 뜻이다. 이토록 귀한 간장이니, 옛사람들은 장 만드는 것을 몹시 중히 여겨 날짜 선택부터 재료 선정, 몸가짐에 이르기까지 신중에 신중을 기했다.

굴소스도, 라면수프도 없을 때이니 대부분의 요리에는 간장이 들어갔을 것이고, 부러 챙겨 먹지 않아도

부디 미래에도 진짜 간장이
우리의 식탁에 오를수 있기를.

자연스럽게 간장을 섭취할 수 있었을 것이다. 그런데 오늘의 우리는 간장을 얼마나 먹고 있을까? 며칠 동안 먹은 음식을 되새기며 '짠맛이니까 간장이 들어가지 않았을까?' 하고 생각하는 분들에게 다시 묻는다. 내가 묻는 건 '진짜' 간장이다.

마트 진열대엔 수많은 간장이 빼곡하고, 개중엔 한 번쯤 들어봤음 직한 이름을 휘날리는 유명 상표도 있다. 간장을 사러 가면 이렇게 많은 간장 중에 어느 것을 고를지 몰라 한참 고민하다가 간장이 뭐 간장이겠지, 하고 결국엔 익숙한 상표를 집어 나오곤 했다. 몸을 좀 챙겨야겠다 싶을 땐 살짝 비싼 것으로.

그런데 정작 우리가 봐야 할 건 상표도, 가격도 아니다. 간장은 긴 시간 동안 충분히 발효되어야 하는데 시장에 내다 팔려면 제대로 된 발효가 불가해진다. 시간이 곧 돈이기 때문이다. 간장이 1퍼센트만 들어가고 나머지 99퍼센트가 화학 첨가물이라도 버젓이 간장이라고 팔 수 있다. 시판되는 모든 간장이 그런 것은 아니겠지만, 그토록 훌륭했던 과거의 간장이 오늘에는 자본과 편리함을 쫓는 세태에 밀려 이상하고 괴이한 액체로 변신 중이다.

간장 하나로 사찰요리의 맛을 좌우할 수 있는 이 유는 간단하다. 제대로 만든 간장이라면 짭조름하고 달착지근하고 혀에 착 감기는 깊고 풍부한 맛을 가지고 있기 때문이다. 간장 맛은 원래 그렇다. 우리가 간장보다 더 새카맣게 몰랐을 뿐. 가짜 간장을 가지고 맛을 내기엔 부족하니까 별별 조미료가 다 필요한 것이다.

오늘의 식탁에도 간장이 들어간 요리는 무수히 많다. 볶음에도, 조림에도, 구이에도, 찜에도, 튀김에도, 탕에도 간장이 들어간다. 그런데 그중에 진짜 간장은? 내 입에 들어가는 간장이 과연 진짜라고 확신할 수 있을까? 주위 사람들에게 간장 가려 먹으라는 말을 하면 "에이, 그런 거 일일이 따지면 먹을 거 없어"라고 대답하는 사람들이 꼭 있다. 입에 들어가는 걸 따지지 않으면 도대체 뭘 따져야 할까? 삶을 살아갈 수 있게 해주는 나의 몸을 제쳐놓고 따져야 할 것이 과연 뭘까? 이런 식으로 간다면 우리가 미래에 '간장'이라고 버젓이 믿고 먹는 것은 도대체 어떤 것일지, 식탁의 안부를 미리 염려할 수밖에 없다.

사찰요리를 배울수록 예부터 간장이 귀한 대접을

받은 데에는 그만한 이유가 있구나 깨닫게 된다. 정관 스님이 간장으로 현재, 과거, 미래를 오가며 타임 리프를 할 수 있는 것도, 간장을 생명줄이라고 한 것도 결코 과장이 아니라는 걸 이제는 안다. 부디 미래에도 진짜 간장이 우리의 식탁에 오를 수 있기를 바랄 뿐.

변하다

그렇게 채식인이 된다

풀은 먹고 다니냐?

말 그대로 정신없이 바빴다. 뭘 하고 사는지 모르겠는데 아무튼 그랬다. 당장 밥 한 끼 챙길 시간이 없었고, 주머니는 늘 빠듯했다. 끼니는 자주 거르거나 때웠다. 밥상 앞에 앉아 숟가락을 드는 대신, 편의점에서 사 온 빵이며 김밥 비닐 포장을 깠다. 싸고 편하고 입에 짝 달라붙으니 마다할 이유가 없었다. 아니, 마다할 여유가 없었다고 하는 편이 정확하겠지. 시간과 주머니의 여유, 그리고 이 둘이 넉넉할 때야 비로소 생겨나는 마음의 여유 같은 게 그 무렵의 내겐 있을리 만무했다. 세일할 때마다 왕창 사들인 과자와 라면

박스가 천장까지 닿은 채 내 방을 잠식하고 있었다.

고단한 하루의 끝, 빈틈없이 물건이 들어찬 작은 방에 몸을 누이면 그제야 배가 고팠다. 김이 폴폴 나는 구수한 밥 한 공기, 두부와 갖은 야채를 넣고 끓여낸 따끈한 된장찌개 생각이 간절했다. 그럴 때면 벌떡 일어나 냉장고를 열었다. 빵, 초콜릿, 소시지, 어묵같이 오래 두어도 상하지 않는 음식이 가득했다. 허겁지겁 무언가를 입에 쑤셔넣었다. 그런 것들은 먹어도 먹어도 쉽게 배부르지 않아서, 배가 터질 때까지 먹어야 비로소 포만감이 들었다.

언젠가부터 자꾸 몸에 힘이 빠지고, 툭하면 눈 밑이 떨렸다. 휴일이면 하루 종일 잠을 잤다. 계속되는 무기력증에 병원에도 몇 번 가봤지만 스트레스라느니 과로라느니 빤한 답만 들었다. 큰맘 먹고 한약까지 지어 먹었는데도 별다른 효과를 보지 못했다. 그러던 어느 날, 누군가 지나가는 말로 내게 한마디 했다.

"채소는 제대로 챙겨 먹니?"

그러고 보니 내 식단엔 채소가 전혀 없었다. 설마 채소 때문이겠어? 반신반의하는 마음으로 동네 마트에 들러 채소 몇 가지를 집었다. 집에 돌아와 채소를 대충 씻었다. 입 움직이기도 귀찮은데 손까지 움직여 요리할 엄두가 안 났다. 짜파게티 끓이기도 귀찮아 봉지째 뜯은 생면을 짜장 가루에 찍어 먹던 나였다(연탄재 맛을 느끼고 싶다면 권해드립니다). 우물우물, 채소를 몇 번 씹고 삼키기를 반복했다. 흡사 말이나 소가 된 기분이었다. 믿을 수 없었지만, 그 뒤로 나는 서서히 건강을 회복했다. 가족들과 함께 어울려 살 때는 공기처럼 소중함을 인식하지 못했던 밥상 위의 제철 채소들이, 비로소 그 진가를 드러내는 순간이었다.

사찰요리 등장이오!

처음 두어 달은 몇 가지 채소를 돌려가며 씹었다. 가끔 샐러드를 사 먹기도 했지만, 밥 한 끼 값에 맞먹는 샐러드를 날마다 사 먹을 순 없었다. 샐러드를 먹다 보면 슬며시 본전 생각이 났다. 이 가격이면 양상추 한 통에다가 당근이랑 파프리카도 살 수 있는데……. 게다가 채소가 슬슬 물리기 시작했다. 종류를 달리하더라도 어쨌든 물렸고 지겨웠다(그런 의미에서

141

소와 말을 비롯한 채식 동물이 대단하게 느껴진다). 날마다 채소를 챙겨 먹는 게 그다지 유쾌하지 않았다. 종이 씹는 기분으로 채소를 씹고 있노라면, 프로메테우스가 지하에서 울부짖는 소리가 여기까지 들렸다.

"이 인간아! 평생 생채소 씹을 거면 내가 왜 그 고생을 했겠냐!"

그래, 인류에게 불을 선물한 대가로 무려 3천 년 동안 독수리에게 간을 쪼인 프로메테우스의 지난 노고에 화답하기 위해서라도 요리를 해야 했다. 언제까지고 평생 이렇게 우걱우걱 생채소를 씹으며 살 순 없었다.

그 무렵, 다니던 회사 방침대로 별생각 없이 템플스테이에 갔다가 사찰요리를 처음 맛봤다. 인생은 타이밍이라고들 하는데, 지금 생각해보면 그때야말로 사찰요리가 내 인생에 등장하기 가장 적절한 때였다.

처음엔 템플스테이에서 맛본 밥을 잊지 못해 사찰요리를 배우기 시작했지만, 금세 사찰요리에 매료되었다. 여물 씹듯 우물우물 씹어 삼키던 채소의 활용법을 알아가는 재미도 있었고, 소금이며 간장 같은 기본 양념을 더했을 뿐인데 그냥 씹었을 때와는 전혀 다른 맛이 난다는 것도 놀라웠다. 한동안 까맣게 잊고 있었던 내 삶의 모토인 '인간은 맛있는 걸 먹기 위해 태어났다!' 정신이 다시금 꿈틀거리기 시작했다. 맛의 경험을 확장해나간다는 즐거움 외에 사찰요리가 내게 가져다준 또 하나의 선물이 있었다. 바로 시각의 변화다.

사찰요리의 정신은 나와 남이 다르지 않다는 뜻의 '자타불이自他不二'다. 내 생명이 귀하듯 남의 생명 역시 귀하다는 정신에 입각해 고기, 물고기, 달걀 등의 사용을 금하고 있다. 사찰요리에 대해 잘 모르는 사람들도 스님들이 고기를 먹지 않는 것 정도는 알고 있다. 생명을 존중해라, 눈앞의 재료에 감사한 마음을 가져라, 버리지 말고 남김없이 써라……. 처음엔 요리할 때 시늉만 내던 것이 점차 내 삶으로 번졌다.

회식이나 결혼식 뷔페에서 내 앞의 고기 접시를 슬며시 옆으로 밀어놓는 경우가 많아졌다. 주변에서 의아한 표정으로 바라보면 "속이 안 좋아서요" 하고 웃어넘겼다.

더 이상 사찰요리는 내게 취미의 영역이 아니었다. 조금씩 내 삶의 방식으로 자리 잡고 있었다.

#무지개샐러드

사찰요리가 내게 가져다준 선물이 있었다.

시각의 변화다.

이상한 나라에서 채식하기

  시간이 나면 집 근처에 있는 공원을 종종 걷곤 했는데, 어느새 내 산책코스가 묘하게 바뀌었다는 걸 뒤늦게 알아차렸다. 나도 모르게 공원 안의 동물원을 피해 산책하고 있었다. 철창이나 유리창 안에 갇힌 동물들을 바라보기 괴로웠기 때문이다.

  하루는 마음이 복잡해 공원을 이리저리 걷느라 코스까지 신경 쓸 여유가 없었나 보다. 산책의 막바지 즈음, 한껏 가벼워진 기분으로 느긋하게 걷다가 순간 턱 하고 숨이 막혔다. 눈앞엔 커다랗게 위용을 드러낸 동물 극장이, 바로 그 아래에는 치킨집과 돈가스집이 있었다. 인간이 참 다양한 방식으로 생명을 '소비'하고 있음에 놀랐지만, 무엇보다 이러한 소비행태를 그간 수없이 목도했으면서도 한 번도 제대로 인식하지 못한 나 자신에 대해 놀랐다. 그 앞에서 한참을 멍하니 서 있을 수밖에 없었다. 본격적으로 채식을 해야겠다고 결심했다. 그 뒤 줄곧 비건(채소, 과일, 해초 따위의 식물성 음식만 먹는 베지테리언)으로 지내다가 지금은 플렉시테리언(채식을 중심에 두고 상황에 따라 육류

145

및 해산물을 먹기도 하는 세미 베지테리언)으로 살고 있다.

채식을 시작하면 그동안 몸담고 있던 세계에 대한 대혼란을 겪게 된다. 별생각 없이 스쳤던 동물원 안의 치킨집과 돈가스집, 유유자적 헤엄치는 물고기를 보고 싶어 찾곤 했던 아쿠아리움, 한우를 갈아 만들었다는 개 사료 광고……. 소비해도 괜찮은 동물과 그렇지 않은 동물은 누가 규정짓는 것일까. 생명 존중에 대한 생각으로 채식을 시작했다가 결코 '가볍게' 할 수 있는 일이 아님을 깨닫게 되면, 괜히 후회하지 말고 얼른 발을 빼야겠다는 마음이 드는 것도 사실이다. 나도 모른 척하고 싶고, 예전처럼 편하게 살고 싶다. 그렇지만 이제는 그럴 수 없다는 걸 잘 안다.

그 마음 한 숟갈만 주세요

오소서, 창고 대개방

 레시피에 적혀 있지 않은 스님들의 깨알 팁이 대방 출될 때가 있다. 같은 재료로 응용할 수 있는 색다른 요리법, 대체할 수 있는 재료, 재료를 다루는 스님만의 노하우까지……. 그야말로 창고 대개방이다. 창고 대개방의 승자는 빠른 손놀림을 겸비한 자! 이런 날엔 한 손으로는 주걱을 들고 부지런히 재료를 볶으면서, 다른 한 손으로는 받아 적기 바쁘다. 주부 짬밥 이삼십 년의 베테랑들은 쏟아지는 깨알 팁에도 '아하, 으흠' 하면서 가볍게 고개를 끄덕거릴 뿐이지만, 나는 필기가 없으면 복기가 어려운 초보이기 때문에 깨알 하나라도 놓칠세라 열심히 줍는다.

처음 듣는 생뚱한 조합이라 머릿속으로 맛을 끼워 맞춰보면 썩 어울릴 것 같지 않은데, 스님이 일러준 대로 막상 해보면 한 술갈 맛보곤 금세 눈이 커졌다. 서로 다른 재료의 아귀가 원래 한 세트인 듯 꼭 맞아 떨어졌다. 먹다 말고 한숨을 쉬며 "아니, 이런 맛을 여태 혼자만 알고 계셨나요!" 하고 부러움과 애석함이 뒤섞인 외마디를 허공에 뱉곤 했다. 깨알 팁을 받아 적을 때마다 그 기발함과 다양함에 감탄하면서도 제일 궁금한 건 따로 있었다. 스님들은 대체 이런 걸 어떻게 생각해냈을까? 도대체 이 조합은 어떻게 알아냈을까? 발상의 근원, 창조의 원천이 무척 궁금하고 부러웠다.

비법은 마음 한 술갈

내게 작은 놀라움과 큰 기쁨을 선사한 메뉴 중 하나가 바로 보이차밥이다. 찻물에 버섯과 은행, 밤을 넣고 밥을 짓는다. 보이차밥이라니? 중국에서 유학할

#오미자딸기국수

어떤 마음이길래

이 멋진 걸 만들었나 싶다.

때 별 희한한 음식을 다 구경했지만, 보이차에 밥을 말아 먹는 건 한 번도 본 적이 없다. 세상 맛있는 건 싹 다 찾아 먹는 중국인들인데 보이차에 밥을 안 마는 걸 봐서 맛없는 게 아닐까. 밥을 지으면서 결과물이 내심 걱정됐지만, 냄비 바닥을 싹싹 긁어 누룽지까지 해 먹을 정도로 밥맛이 좋았다.

뭐, 보이차 밥뿐인가. 어디서 보지도 듣지도 못한 메뉴들이 수업마다 속속 등장했다. 봄향기만두, 오미자딸기국수, 묵은지잡채……. 이름만 들어도 기발한 아이디어가 그대로 느껴지는 메뉴들. 이렇게 근사한 아이디어는 도대체 어디서 오는 걸까? 내 마음을 들켰는지 하루는 스님이 웃으며 이런 말을 하셨다.

"스님들이 별걸 다 먹는다 싶죠? 사실 별게 아니에요. 이런저런 음식을 만들고 나면 재료가 남는데, 안 버리려고 궁리를 하다 보니 이런 메뉴도 만들어졌네요."

보이차밥의 근원을 알 순 없지만, 아마도 찻잎을 우리고 남은 찌꺼기를 버리기 아까우니 밥물에라도 써보려 했던 누군가의 기특한 마음에서 탄생하지 않았을까.

새롭고 기발한 메뉴를 만나면 여전히 반갑고 놀랍다. 그동안은 이 근사한 아이디어의 시작이 머리라고 굳게 믿고 있었지만, 이제는 조금 알 것 같다. 누군가의 빛나는 아이디어는 어쩌면 머리가 아니라 마음에서 나온다는 걸. 누군가가 "세상에 없던 요리로 사찰요리에 한 획을 그어보리라!" 하고 미스터 초밥왕처럼 비장한 눈빛과 자세로 요리를 만들었을 것 같진 않다(물론 그것도 멋진 일이지만). 그저 사찰요리의 기본 정신에 충실한 것 아니었을까. 이 계절을 놓치지 않고 듬뿍 담아야지, 재료를 알뜰히 요리해야지, 허투루 버리지 않아야지 하는 마음.

요리에 담긴 마음을 알아버렸으니 이젠 창조성보다는 그 안에 깃든 마음이 부럽다. 어떤 마음이길래 이 멋진 걸 만들었나 싶다. 좀 얻을 수 있으면 그 마음을 한 숟갈만 푹 떠서 먹고 싶다.

텁텁하고 쓸쓸하고 그토록 다정한

사찰요리에는 애호박을 이용한 다양한 메뉴가 있다. 아니, 있는 정도가 아니라 정말 많다. 애호박찜, 애호박완저지, 애호박튀김, 애호박전, 애호박국, 애호박볶음, 애호박나물……. 주인공이 아닌 날이라도 거의 대부분의 메뉴에 조연으로 참여한다. 여러 드라마에 다양한 역할로 어김없이 등장하는 낯익은 얼굴처럼. 밥에도, 된장에도, 잡채에도, 국수에도 feat. 애호박. 애호박을 싫어하면 사찰요리를 할 수 없을 정도라고 해도 과장이 아니다. 이렇게 글의 시작부터 애호박 이야기를 길게 늘어놓는 이유를 눈치채셨는지. 안타깝게도 나는 애호박을 싫어했다. 몹시!

애호박의 진가

애호박만두를 만드는 날이었다. 스님이 웃으며 "오늘 호박의 진가를 알 수 있을 겁니다"라고 하셨을 때, 속으로 "그래봤자 애호박이죠"라고 중얼거렸다. 애호박에 별 애정이 없어서 그랬는지, 평소와는 달리 멀거니 서서 만두를 빚는 스님의 손끝을 바라봤다. "만두에 애호박을 많이 넣을수록 맛있습니다"라는 스님의 말을 들었을 땐 순간 아찔했다. 어릴 때 엄마가 곧잘 해주시던 애호박이 수북이 올라간 칼국수가 문득 생각났기 때문이다. 내 기억 속의 애호박은 텁텁하고 썼다. 어린 내가 감당하기 어려운 특유의 향과 맛이 있었다.

그러나 이 무슨 운명의 장난인지. 애호박이 듬뿍한 칼국수는 엄마가 제일 자신 있어 하는 음식 중 하나였다. 엄마가 내게 애호박 심부름을 시키는 날의 메뉴는 어김없이 정해져 있었다. 엄마는 부글부글 끓기 시작하는 멸치육수에 면을 막 집어넣거나 수제비를 떠 넣으면서 큰 소리로 나를 부르곤 했다. 분부를 받자와 애호박을 대령하면, 곧 내 앞에 애호박을 숭덩숭덩 썰어 넣은 칼국수나 수제비가 대접 가득 놓였다. 먹기도 전에 눈물이 찔끔 났다.

애호박만두에는 다른 게 들어가지 않는다. 오로지 애호박의 맛으로 승부한다. 세상 맛있는 채소를 다 놔두고 왜 하필 애호박이란 말이더냐. 한국인이 잘 못 먹는다는 고수도 없어서 못 먹는 나인데……. 차라리 속 없는 만두를 씹고 싶은 심정으로 애호박을 손질했다. 애호박은 가늘게 종종 채 썰어 소금을 뿌린 뒤, 물기를 짜고 살짝 볶아 식힌 다음(여기에 후추를 뿌려도 좋다) 만두피가 꽉 차도록 넣으면 된다.

결과를 말하자면 나는 그날 애호박 맛을 처음 알았다. 꽤 오랫동안 내 기억을 꽉 움켜쥐고 있던 특유의 텁텁한 향과 쓴맛이 전혀 없었다. 호박소가 그득한 만두는 오히려 깔끔 담백했고, 이에 닿는 호박의 아삭한 식감에 자꾸만 손이 갔다. 한 김 쪄낸 것도, 국물 위에 동동 띄운 것도 모두 너무 맛있었다. 애호박만두는 스님의 말 그대로 호박의 진가였다.

#애호박만두

호박소가 그득한 만두는 깔끔 담백했고
이에 닿는 호박의 아삭한 식감에 자꾸만 손이 갔다.

애호박의 진짜 진가

그렇지만 호박의 진가 앞에서, 왜 문득 애호박이 수북 올라간 엄마표 칼국수가 떠올랐을까. 그러고 보니 엄마표 칼국수를 못 먹어본 지도 벌써 10년은 훌쩍 넘은 것 같다. "밥 먹자!" 하고 아무도 내 이름을 부르지 않는 고요한 식탁이 내 삶의 풍경이 된지도 이미 오래다.

어느 일요일, TV를 틀고서 〈날아라 슈퍼보드〉나 〈달려라 하니〉같은 만화를 정신없이 보고 있는데 "퍼뜩 뛰가서 호박 한 디 사 온나!" 하는 엄마의 목소리가 한낮의 햇살처럼 내 등 뒤로 쏟아지던 그날들이 문득 그립다. 점심엔 애호박이 올라간 칼국수를 먹어야 한다는 생각에, 툭 튀어나온 입으로 느릿느릿 심부름을 가던 아이가 이제야 애호박의 맛을 알았다. 이제야 그날들이 얼마나 소중한지 알았다.

입을 헤벌린 채 하염없이 TV를 들여다보던 일요일의 나른한 공기, 나를 부르는 엄마의 목소리, 동전을 쥐고 마지못해 야채 가게로 향하던 어린 날들. 너무 시시하고도 소소한 순간들이 정말로 눈 깜짝할 사이에 지나가버렸다.

다가오는 주말엔 애호박 듬뿍 올린 칼국수 해먹어야지. 그 애호박은 텁텁하고 잔뜩 썼으면 좋겠다. 어쩌면 내게 애호박의 진가는 깔끔 담백하고 아삭한 맛이 아니라 텁텁하고 잔뜩 쓴, 그래서 그토록 그리운 맛인가 보다.

요리하는 사람이
바보라서 그러겠어요?

지혜 없는 지혜

밥은 다 됐겠다, 이제 곁들일 양념장을 만들 차례. 홍고추와 청고추를 다진 뒤, 간장과 들기름을 붓고 섞으면 되는 간단한 양념장이다. 스님이 홍고추와 청고추를 각기 따로 채 썰며 물으셨다.

"어차피 한 군데 섞을 건데, 왜 따로 채 썰까 싶죠?"

엇, 들켰네. 뜨끔해하는데 이어지는 스님의 말.

"홍고추와 청고추를 같이 썰면, 양념장을 만들었을 때 색이 탁해요. 같이 썰면 편한 걸 왜 몰라. 요리하는 사람이 바보라서 그러겠어요?"

그렇지, 요리하는 사람은 바보가 아니지. 그런데도 요리를 하다 보면 "굳이……"라는 말이 절로 나올 정도로 귀찮고 번거로운 공정들이 있다. 된장찌개에 넣는 호박이나 감자는 칼로 탁탁 썰어 넣기보다는 숟가락으로 일일이 떠낸다. 칼이 닿아 반듯한 면보다 재료의 결을 살려 손으로 둥글게 떠낸 것이 더 맛있다는 이유에서다.

여러 가지 야채를 볶을 때는 절대 한 번에 볶지 않는다. 저마다 가진 고유의 색과 향이 뒤섞이지 않도록, 색이 옅은 것부터 짙은 것 순으로 따로따로 볶는다. 하루는 스님이 브로콜리와 파프리카, 이런저런 야채를 볶아 샐러드 만드는 법을 일러주셨다. 오, 한 번에 휙 볶기만 하면 되겠네! 열심히 레시피를 받아 적는 내게 스님이 물으셨다.

"야채 한꺼번에 같이 볶으려고 했죠?"

또 뜨끔.

"따로따로 볶아서 식혀야 해요!"

진지한 스님의 눈을 바라보며 고개를 끄덕거렸지만, 마음은 샐러드를 만들기도 전인데 벌써부터 반항 모드에 돌입한다. 아, 귀찮을 것 같은데…… 간단한 게 전혀 아니잖아……!

스님들이 "음식 하면 지혜가 생깁니다" 하고 늘 말씀하시는데, 처음엔 그 '지혜'를 전혀 이해하지 못했다. 홍고추와 청고추를 같이 썰어 넣은 양념장이 탁해진들 얼마나 탁할 것이며, 야채는 색깔까지 맞춰가며 언제 다 볶고, 칼로 썬 호박과 숟가락으로 떠낸 호박 맛의 차이를 내 혀가 어떻게 잡아내겠는가.

스님들이 이야기하는 지혜란 아무래도 내 사전에 등재된 지혜와 좀 다른 개념 같았다. 내 사전의 지혜란 두 번 일할 것을 한 번 일하고, 왼손이 하는 일을 왼손도 모를 정도로 쉽고 빠르게 끝내는 것인 반면, 사찰요리는 두 번 일할 것을 예닐곱 번 일하고, 왼손이 하는 일을 오른손, 아니 남의 오른손까지 나서서 거들어도 모자랄 판이었다. 요리를 배우며 어째 지혜 없는 지혜만 느는 느낌이었달까.

요령과 지혜

그런데 이상한 일이 일어났다. 사찰요리를 배우는

#비빔밥

요령으로 만든 요리와 지혜로 만든 요리가 있다면
어떤 것을 택하고 싶을까.

시간이 쌓일수록 몸이 조금씩 깨닫기 시작했다. 홍고추와 청고추를 따로 썰어 넣었을 때와 함께 썰어 넣었을 때의 은근한 색 차이가 눈에 보였고, 따로 볶은 야채와 한꺼번에 볶은 야채의 차이가 확연히 느껴졌다. 손으로 떠낸 호박과 감자를 넣은 된장찌개는 훨씬 시원하고 구수했다.

분명 똑같은 레시피로 만들었는데도, 스님이 만든 것이 훨씬 맛있는 데는 다 이유가 있었다. 귀찮아서 무시한 작은 과정들이 요리의 결정적인 부분을 좌우했다. 번거로움을 감수하고 따로 썰고, 따로 볶고, 칼 대신 숟가락을 사용하는 데는 다 그만한 가치가 있는 거였다. 스님 말마따나 요리하는 사람이 바보라서 쉬운 일을 굳이 어렵게 하는 게 아니었다.

머리로 판단하고 흘리던 말을, 몸으로 하나둘씩 깨달으면서 비로소 그동안 '지혜'와 '요령'을 착각하고 있었다는 걸 알았다. 국어사전을 찾아보면

지혜 : 사물의 이치를 빨리 깨닫고 사물을 정확하게 처리
　　　하는 정신적 능력
요령 : 적당히 해 넘기는 잔꾀

로 풀이되어 있다. 나라는 사람이 뭐든 빨리하고, 쉽게 하고, 좋은 성과를 내는 데 최적화되어 있어 요령을 지혜라고 굳게 착각하며 살아온 것이다. 학생 때는 벼락치기로 시험 점수 잘 받는 데 급급하고, 회사원이 되어서는 맡은 업무를 어떻게든 빨리 마치는 데 혈안이 되어 있었다. 늘 그렇게 바삐 쫓기며 살다 보니, 그런 삶의 태도가 나도 모르게 몸에 그대로 배어 요리조차 자꾸 쉽고 편하게 할 생각만 했던 것이다.

스님들이 말하는 지혜가 그토록 번거롭고 귀찮게 여겨졌던 까닭을 알았다. 음식은 요령이 아닌데, 어떤 스님도 "음식 하면 요령이 생깁니다" 하고 말씀하신 적 없는데.

요즘 밥상에 올라가는 것들은 죄다 요령투성이다. 요령으로 범벅되어 있다. 혀에 착 감기는 맛을 내기 위해 식품 첨가물과 각종 색소가 들어간다. 조미료 하나만 있으면 열 가지 재료가 들어간 국물 맛을 뚝딱 재현할 수 있다. 오, 놀라워라! 제대로 된 레시피보다는 빨리, 쉽게, 적당히 요리해 '식당에서 파는 맛'을 낼 수 있는 레시피가 인기 검색어에 오른다.

눈앞에 요령으로 만든 요리와 지혜로 만든 요리가

있다면 어떤 것을 택하고 싶을까. 나는 귀찮고 힘이 좀 들어도, 적당히가 아니라 정확하게 밥을 짓기로 선택했다. 밥상 앞에서 지혜의 태도를 취하기로 마음먹었다. 그동안은 충분히 요령껏 살았으니, 이제는 좀 지혜롭게 살아봐도 될 것 같다.

가랑비 리더십

〈셰프의 테이블〉에 출연한 정관 스님의 인기 덕분인지, 해가 거듭될수록 사찰요리를 배우러 오는 외국인이 늘고 있다. 가까운 중국, 일본부터 베트남, 태국, 터키, 미국, 캐나다, 영국, 독일, 네덜란드, 아이슬란드, 아프리카……. 내가 사찰요리를 공부하며 만난 외국인은 일단 이 정도. 전 세계 국가 수가 230개쯤 된다는데, 앞으로 꾸준히 배우면 100개국 사람들은 만나볼 수 있지 않을까.

외국인 받고 스무 살 추가요

외국인과 신라면 하나 끓이는 것도 특별한 경험일 텐데 요리, 그것도 사찰요리를 함께 만드는 일은 완전히 새로운 경험이다. 하루는 네덜란드에서 온 커플과 같이 요리를 하게 됐다. 그들은 이미 스님의 시연을 보고 얼굴이 하얗게 질린 상태(아, 원래 하얗구나). 그날의 메뉴는 연잎밥과 두부찌개. 은행, 연자육, 연잎처럼 한국인에게도 제법 낯선 재료가 등장한 데다, 요리두 가지를 동시에 만들어야 해서 마음에 부담이 좀 있었다.

"우리 못 해요" 하고, 시작 전부터 겁을 먹은 네덜란드 커플을 향해 "노우! 우리도 할 수 있어요!" 하고 외치고는 머릿속으로 요리 순서를 그리고 있는데, 뒤늦게 스무 살짜리 소녀가 선글라스를 쓰고 등장했다. 한국인이라 반가운 마음도 잠시, 살면서 처음 칼을 잡아본다는 무시무시한 말과 함께 선글라스 너머로 나를 빤히 바라보는 눈동자에 마음이 더욱 무거워졌다. 스님이 우리 조를 지나치며 내 어깨를 가볍게 두드렸다. "믿고 맡길게요!"

머릿속으로 전체적인 순서를 짠 뒤, 각자의 할 일을 나눴다. 네덜란드 남성에게 두부를 한번 썰어보라고 했더니 칼질을 곧잘 하는 편이라, 고구마나 무를 써는 일도 맡겼다. 여성에겐 섬세한 손길이 필요한 연자육 다듬는 일을, 칼을 처음 잡는 스무 살에게는 표고버섯 채 써는 일을 맡겼다. 자, 시작이다.

나는 그동안 달군 팬에 은행을 볶고 연잎을 씻고 대추를 썰고 밥물을 잡았다. 손질된 두부에 미리 소금을 뿌려두는 것도, 다들 잘하고 있는지 체크하면서 "퍼펙트!" "잘했네!"라는 칭찬을 건네는 것도 빠뜨리지 않으면서. 요리를 배우면 눈과 손이 정말 빨라질 수밖에 없다는 걸 실감한다. 밥물을 잡고는 조원들이 각자 다듬은 재료를 순서대로 넣으면서, 지금부터 밥을 할 거라고 설명했다. 일단 밥은 올렸고.

그다음은 찌개. 두부를 노릇하게 구운 다음 찌개에 넣는 게 포인트인데(다들 한번 해보시길!), 두부를 굽는 건 쉽게 할 수 있으니까 한번 해보라는 뜻에서 스무 살 소녀를 불렀다. 그녀가 밥주걱을 들고 프라이팬을 뒤적거리는 패기를 보여줬지만 그래, 밥주걱이든 뒤집개든 잘 뒤집기만 하면 되지 뭐. 네덜란드 커플에겐 냄비에 무를 깔고, 고추를 썰고, 요리를 낼 그릇을 골라 오는 일을 부탁했다. 밥주걱으로 두부를 굽는 스무 살을 지켜보면서, 나는 찌개 양념을 만들고 밥을 위아래로 뒤적여주었다. 양념을 만든 뒤에는 다 같이 맛보면서 간이 맞는지 합의(?)하고, 구운 두부의 상태를 한번 체크한 후 양념과 함께 냄비에 넣고 불을 올렸다. 얘기하지 않았는데도 네덜란드 남성이 센스 있게 다 쓴 그릇은 바로바로 설거지를 해줘서, 요리의 가장 이상적인 형태인 '치우면서 요리하기'를 맛봤다.

평소에 물 잡기에 자신 없어 늘 다른 사람에게 미뤘던 냄비 밥도 알맞게 잘 됐고, 찌개도 외국인이 먹기에 부담스럽지 않을 정도로 얼큰했다(네덜란드 남성이 찌개에서 '네덜란드 맛'이 난다고 했는데, 그게 어떤 맛인지는 잘 모르겠다). 스무 살은 밥을 한술 뜨곤 "와 맛있어요. 마음이 편해요" 하고 느릿느릿 이야기했다. 이 언니는 사실 마음이 조마조마했단다. 혹시 밥이 질까 봐, 찌개가 짤까 봐 얼마나 걱정했는데. 맛있게 먹고, 마음이 편하다니 얼마나 다행인지. 네덜란드 커플이 "처음에 너무 어려워서 못 할 줄 알았는데, 리드해줘서 고마워요" 하고 인사했다.

수업을 마치고 네덜란드 커플이 강의실을 나서다 말고 뒤돌아서서는 나에게 크게 손을 흔들며 인사하기에, 나도 크게 손을 흔들어 답했다. 마치 길에서 우연히 만난 친구들과 신나게 여행하다가 헤어질 때의 기분 같았다.

리더는 누구나 할 수 있다

네덜란드 커플이 내게 던진 '리드'라는 말이 마음에 줄곧 남았다. 그동안 나는 스스로 리더 자질이 0퍼센트인 사람이라고 굳게 믿고 있었다. 리더의 자질, 리더의 책임, 리더의 역할 같은 걸 말하는 콘텐츠가 무수히 넘쳐나지만, 한마디로 정리하면 결국 '리더는 아무나 하는 것이 아니다'라는 거고, 나는 그런 무겁고 어려운 감투는 어울리지 않는 사람이라고 생각했다. 학교 다닐 때는 선생님이 반장을 시킬까 봐 걱정했고, 회사는 물론 크고 작은 모임에서도 구성원1의 역할에 만족했다. 대표나 장을 자처하고 나서는 사람을 보면 경탄했다. '아니, 저렇게 일도 많고 신경 쓸 것도 많고

책임질 게 많은 역할을 하고 싶다고? 대체 왜?'

그런데 요리를 하다 보면 리더가 되는 순간을 종종 경험할 수밖에 없다. 다양한 국적의 사람들과 요리를 하는 경우는 물론이고, 가지 손질을 맡겼더니 보라색 껍질을 홀랑 벗겨놓아 내 얼굴을 보라색으로 만든 고등학생과 함께할 때도 있었다. '내 말이 곧 법이오' 하고 남의 말은 도통 듣지 않는 중년의 아저씨와 해야 할 때도 있었다. "나 요리 잘 못하는데……" 하고 아예 참여하지 않으려는 사람도 있고, 다른 사람의 몫은 생각하지 않고 A부터 Z까지 혼자 도맡으려는 사람도 있다. 여러 가지 태도를 보면서 많이 배운다. 나도 누군가에게 그런 사람일 수 있기 때문에.

내가 '컨트롤 타워'를 맡는 날에는 딱 두 가지만 생각한다. 첫째, 믿고 맡긴다. 둘째, 결과는 다 같이 책임진다. 각자의 역량을 충분히 고려해 일을 알맞게 배분하고, 함께 힘을 합쳐 무언가를 해 나가는 과정이 꽤 재밌다는 것도 알게 됐다. 아마 선뜻 대표나 장을 자처하고 나서는 사람들은 이 재미를 일찍부터 간파했던 거 아닐까. 노래나 춤 실력을 타고나는 사람이 있는 것처럼, 날 때부터 이마에 '리더'라고 써 붙인 사람도 분명히 있다. 그렇지만 나처럼 리더의 자질이 없던 사람이라도 얼마든지 훌륭한 리더가 될 수 있다.

'가랑비에 옷 젖는다'는 말처럼, 요리를 할 때마다 내 안쪽 어딘가에 리더 마일리지가 차곡차곡 적립되고 있다. 마치 윗몸 일으키기를 하는 것처럼. 처음엔 눈물을 삼키며 꾸역꾸역 하더라도 조금씩 개수를 늘리다 보면 나중엔 언제 그랬나 싶게 잘하게 된다. 나에게 0퍼센트라고 철석같이 믿고 있었던 부분을 숨은 복근 발견하듯 만들어가는 재미, 이런 게 또 인생의 묘미 아니려나(물론 윗몸 일으키기는 10년째 세 개를 못 넘기지만).

마음만은 장씨 부인

가까운 친구들과

인스타그램에 올린 음식 사진을 보고 주로 결혼한 친구들이 카톡으로 레시피를 묻곤 하는데, 내 생각엔 라면 끓이는 것만큼 간단하다 싶은 표고버섯구이라도 꽤 자세히 알려줘야 한다.

"표고버섯은 말린 거 써도 돼?" "몇 분이나 구워?" "간장은 어떤거 써야 돼?" "언제 뒤집어?" 등의 질문 공세를 받으면, 이게 생각만큼 단순한 게 아니구나 싶다. 말린 표고는 불려서 쓰라고 하면 얼마나 불려야 하냐며 불린 버섯 사진까지 보내오는데, 그럴 때면 나도 모르게 "야, 네가 주부짬 몇 년인데 이것도

몰라" 하는 말이 훅 나간다. 결혼을 했다고 요리 실력
이 덩달아 따라오는 것도 아닐 텐데 그런 말을 뱉어
놓곤 민망해서 급하게 주워 담는다. 잘하고 싶으니까
당연히 궁금한 게 많은 건데, 나도 처음 사찰요리를
배울 땐 그랬으면서 말이다.

　질문을 퍼붓던 친구들을 실제로 만나면 어떤 일이
벌어지나. 일단 이들은 카페에 자리를 잡고 앉자마자
레시피 이야기부터 꺼낸다.

　"전에 카톡으로 보내준 레시피 말이야, 그렇게 정
리해주면 어떻게 알아. 더 자세히 정리해줘야지."

　"그, 그런 거야?"

　호의로 한 일인데 왠지 미안한 마음부터 장착하고
대화를 이어나간다. 레시피를 머릿속으로 더듬거리
며, 나의 얕은 지식을 풀가동해서 집에 있는 식재료를
활용할 수 있도록 알려준다. 이때 입에 뭐라도 쏙 넣
어주면 그들의 열정이 배가된다.

　이들 중에서도 유난히 질문(=열정)이 많은 친구가
한 명 있다. 그날은 마침 사찰요리 수업을 막 마치고
나온 참이라 친구에게 주려고 챙겨둔 감자부각이 있
었다. 일단 바삭한 감자부각을 친구 입에 넣어준 뒤,

#표고버섯구이

각자의 삶이 더해지니
소박한 요리 한 접시가 더욱 풍성해졌다.

레시피를 읊었다.

"집에 조청 없는데 사야 돼?"

"그럼 올리고당 써."

"얼마큼 써?"

"버섯 양에 따라서 조절하면 되지."

"그렇게 말해주면 몰라."

"음, 그럼 고추장 두 큰술에 올리고당 한 큰술 넣고⋯⋯."

핸드폰 메모 앱을 켜고 열심히 받아 적는 모습이 기특해서 이런저런 레시피(당연히 감자부각 레시피도 함께)를 알려주다가 결국 친구 손을 잡고 표고버섯을 사러 갔다. 싱싱한 표고 한 봉지를 들고 집으로 돌아간 그녀의 질문과 요리 과정 사진이 카톡으로 계속 날아왔다. 실시간으로 답변을 열심히 날린 끝에, 마침내 표고버섯구이 완성! 친구가 데코레이션으로 부추를 살짝 올린 사진을 보니 귀여워서 웃음이 났다(부추는 오신채에 속해 사찰요리에서는 사용하지 않는다). 보너스로 표고버섯을 넣고 미역국 끓이는 법도 알려줬더니, 친구는 내일 해보겠다며 신이 났다.

이름 모를 이들에게

  온라인에 사찰요리에 관한 글을 연재하면서 얼굴을 모르는 구독자가 제법 생겼다. 레시피를 물어보는 분들이 많아, 쉽게 따라 할 수 있도록 레시피를 정리해서 공유했더니 반응이 폭발적이었다. 친구에게 소개해준 표고버섯구이나 기름을 두른 팬에 풋고추를 휘리릭 볶는 게 전부인 풋고추볶음, 보이차를 우려 밥물 대신 사용하는 보이차밥처럼 간단한 요리였는데, 친구들이 그랬던 것처럼 꽤 많은 질문과 저마다의 소감이 댓글로 달렸다.

  아픈 친구에게 만들어주었다, 엄마 생각이 많이 나는 요리다, 좋은 레시피 소개해줘서 고맙다, 글 읽고 마트에 다녀왔다……. 하나하나 읽고 있으면 슬며시 웃음이 나기도 했고, 집에 있는 재료로 재구성한 요리는 창의성이 돋보여서 공부가 되기도 했다. 각자의 삶이 더해지니 그저 소박한 요리 한 접시가 더욱 풍성해졌다. 고맙다는 인사를 너무 많이 들은 날엔 마음 한구석이 뻐근했다. 뭔가를 나눈다는 건 이런 기분이구나.

조선시대를 대표하는 한글 요리책인 『음식디미방 飲食知味方』을 쓴 장씨 부인(장계향, 1598~1680)의 마음이 이랬을까. 『음식디미방』에는 국수, 떡, 김치는 물론 몇십 가지의 술 담는 법부터 과일 저장법까지 무려 146가지의 레시피가 총망라되어 있으니, 요즘 시대였으면 인스타그램 팔로워 몇백만 명은 너끈할 부인이다.

손맛 좋은 장씨 부인의 곁에, 딸이며 며느리며 이웃아낙들까지 죄다 몰려들어서 "엄마! 나 시집가도 김치 담가줄 거야?" "어머, 부인. 이 나물은 어떻게 무친 거예요?" "어머님이 끓인 된장찌개 맛을 내려면 장은어떻게 담가야 할까요?"라는 질문을 수시로 쏟아냈을 테니, 처음엔 조곤조곤 말로 일러주다가 나중에는 아예 책을 한 권 써버린 부인의 기개란. 책의 뒤표지 안쪽에는 이런 말이 있다.

'이 책은 매우 눈이 어두운데 간신히 썼으니 그 뜻을 잘 알아서 그대로 시행하고, 딸자식들은 각각 베껴가되 이 책 가져갈 생각은 하지 말고 부디 상하지 않게 간수해서 훼손하지 말라.'

가뜩이나 눈도 어둡고 침침한 데다(책을 펴낸 게 그

녀 나이 일흔쯤이다) 전기도 없었을 시절이니, 호롱불 켜놓고 앉아 일일이 손으로 책을 써내려갔을 여인의 모습을 그려본다. 『음식디미방』 덕분에 장씨 부인의 가족도, 이웃도, 그리고 후대의 사람들도 그녀의 손맛을 닮은 맛있는 음식을 나누며 행복했겠지? 며느리도 모르는 비밀이라며 어렵게 개발한 황금 레시피를 혼자 간직하지 않고, 많은 사람들에게 전하고자 했던 그 뜻을 어렴풋이 알 것도 같다. 장씨 부인에 비하면 내 손맛은 어림도 없겠지만, 마음만은 나도 장씨 부인이다.

들여다본다는 건

눈 위에 난 자동차 발자국에 내 발자국을 포개며 수업을 들으러 가는 아침. 맑은 날에는 내가 딛는 이 길을 누가 지나갔는지 알 수 없는데, 눈 내리는 날이면 저절로 다 알게 된다. 눈 위에 피어난 것들은 차마 숨길 수가 없으니까.

오늘 배울 음식은 메밀전병. 메밀국수는 떠올리기만 해도 코끝에 여름의 더운 냄새가 물씬 풍기는데, 메밀전병은 여름 음식인지 겨울 음식인지 잘 모르겠다. 뭐, 맛있는 건 계절을 관통해 언제나 맛있는 법이니까 그런 건 중요하지 않다.

메밀전병은 조리법이 무척 간단한 음식 중 하나다. 메밀가루를 물에 잘 갠 뒤, 반죽을 국자로 동그랗게 떠서 부치고, 그 위에 김치나 두부로 만든 소를 올려 싸기만 하면 끝. 멕시코의 부리토와 비슷한 음식인데, 그러고 보면 맛있는 건 계절뿐 아니라 동서양을 관통하는 것 같다. 멕시코 사람들도 여름이건 겨울이건 부리토를 즐겨 먹겠지?

생각과는 다르지만

메밀전병을 구울 때는 팬에서 눈을 떼면 안 된다. 세지도 약하지도 않은 적당한 불에서, 너무 두껍지도 얇지도 않게 반죽을 구워내는 일이 생각보다 만만찮기 때문이다. 메밀가루는 끈기 없이 툭툭 끊어지는 성질을 갖고 있어서, 물에 개면 매끄러워 보이지만 막상 불에 올려 구우면 본모습이 그대로 드러난다. 메밀전병을 잘 구우려면 충분한 예열과 은근한 온도 유지가 필수. 그래야 반죽을 팬에 올렸을 때, 가장자리부터 서서히 익다가 마침내 거칠거칠한 면을 보여주기 때문이다. 나 사실은 이래! 하고.

윗면이 거칠거칠해지면 다 익었다는 뜻이니 뒤집

어도 된다고 스님이 일러주신 대로 반죽을 뒤집어보면, 뒷면에는 구멍이 뿅뿅뿅 나 있다. 온도를 이기지 못하고 부풀다가 터진 공기의 흔적이다. 눈 위에 난 발자국처럼 작은 하나도 숨기지 못한 채 선명하게 찍혀 있다.

사람도 마찬가지다. 누군가를 알게 됐다고 해서 단박에 그 사람의 속내까지 훤히 보이는 건 아니니까. 짧은 시간에 마음을 집중해서 퍼붓는 건 얼마든지 할 수 있지만, 뭉근히 정성을 들이는 일은 참 쉽지 않다. 가만히, 오랫동안 따뜻할 수 있어야 비로소 그이의 진짜 모습이 보인다. 매끄러워 보이는 줄 알았는데 거칠거칠했구나, 이런 면도 있었구나 하고. 슬그머니 뒤집어 본 뒷면에는 그가 디디고 건너온 시간이, 때로 흔들리고 견뎌온 순간이 하나도 도망가지 않고, 크고 작은 발자국을 고스란히 품고 있을 거다.

생각보다 근사한 일

전병 위에 김치나 두부로 만든 소를 올려 돌돌 싸면

메밀전병이 완성된다고 했지만, 소를 올려 돌돌 싸는 일이 말처럼 쉽진 않다. 말면서 힘을 세게 주면 기껏 잘 부친 전병이 부스러지고, 소가 너무 많으면 전병이 터지고, 그렇다고 또 적으면 말았을 때 전병이 힘없이 축 늘어지기 때문이다. 거 참, 전병 하나 먹기 까다롭다 싶다.

전병 하나 먹기도 이렇게 녹록지 않은데, 사람은 오죽할까. 나와 오랜 시간 함께한 관계들을 곰곰 되짚어보면, 서로의 지속적인 노력이 있었다. 전병 부치는 마음으로 상대방의 이런저런 면을 들여다보고 뒤집어도 보고(그러다가 진짜 속도 뒤집고), 전병 위에 소를 올리는 것처럼 각자의 특징을 서로에게 더하면서 함께 만들어간 시간이다.

그러니 우리는 선택하면 된다. 보기와는 달리 거칠거칠한 데다 크고 작은 구멍을 잔뜩 품은 누군가의 진짜 모습을 들여다보며 이런 면도 있었구나! 하고 이해할지, 이런 면이 있었어? 하고 실망할지. 그 위에 소를 올릴지 말지. 팁을 하나 건네자면 전병은 짭조름한 소가 들어가야 확실히 맛있다.

반죽을 부치면서 구멍이 뿅뿅뿅 난 전병 뒷면을 들

여다보는데 크고 작은 무늬가 참 예쁘다는 생각이 들었다. 자세히 보아야 예쁘다는 어느 시인의 말처럼, 누군가를 자세히 들여다보고 이해해보려 노력하는 건 생각보다 근사한 일일지도.

묵혀둔 봄을 꺼냅니다

"12월 첫 수업입니다! 12월을 어떤 걸로 시작하면
좋을지 고민하다 따끈따끈하고 고소한 메뉴로 결정했
어요. 겨울이면 묵나물이 맛있어지거든요. 풀 삶는 향
기가 근사하지요?"

바깥의 추위 때문인지 냄비의 열기 때문인지, 두
볼이 여느 때보다 빨개진 스님의 함박웃음으로 여는
12월의 아침.

풀 삶는 겨울

매해 겨울이면 묵나물을 삶는다. 시래기도 삶고 취

나물도 삶고 고사리도 삶고 토란대도 폭폭 삶는다. '묵나물'이란 말을 처음 들었을 때는, 말린 도토리묵을 물에 불려 나물처럼 무쳐 먹는 음식인 줄 알았다. 도토리묵에 간장만 끼얹어 호로록 떠먹어도 맛있지만, 말린 묵도 꼬들꼬들한 식감이 근사하기 때문이다 (실제로 충청도에 그런 음식이 있다고 한다).

겨울이면 스님들이 묵나물, 묵나물 하시기에 사전을 찾아보니 '묵은 나물'이라는 뜻이었다. 말려서 잘 갈무리해둔 묵은 나물이 바로 묵나물이었다. 말을 물고 늘어지는 사람이다 보니, 그러면 '나물'은 대체 무언가 싶어 다시 사전을 찾았다. 미나리도 시금치도 달래도 머위도 다 나물인 건 알겠는데 나물의 뜻은 뭘까.

나물: 사람이 먹을 수 있는 풀이나 나뭇잎 따위를 통틀어 이르는 말

사람이 먹을 수 있는 풀이나 나뭇잎이라니. 그러니까 사람이 먹을 수 있는 잎사귀면 죄다 나물인 셈이었다. 기린처럼 목을 쭉 빼고 높다란 가지에 달린 나

나물 삶는 향기를 맡으며
나물이라는 말을 다시 생각한다.

뭇잎을 우적우적 씹어 먹거나, 땅에 돋아난 풀을 토끼처럼 가만가만 뜯어 먹는 사람의 모습은 왠지 순하다. 늘 먹어왔던 나물이지만, 사람이 먹을 수 있는 풀이나 나뭇잎이라는 그 말에 괜히 마음이 찡해서 종이에 옮겨두었다.

온갖 푸른 것들이 돋아나는 봄과 여름. 풀과 나뭇잎을 먹는 사람이, 푸른 것들을 실컷 먹다가 푸른 것들이 깡그리 사라지는 겨울이 오면, 그때 꺼내 먹으려고 나물을 말려두었을 것이다. 처음에 묵나물은 그렇게 시작했을 것이다. 다시 푸른 것들이 실컷 돋아날 계절을 그리워하는 사람이, 아득히 멀게만 느껴지는 푸른 것들의 시간을 그리워하면서, 오래된 풀을 꺼내 삶는다. 솥 곁에 쭈그리고 앉아 풀 삶는 향기를 맡으면서, 봄의 온기를 느끼면서. 그렇다면 묵나물은 너무나 낭만적이다.

올 겨울은 따뜻할 거예요

시래기든, 취나물이든 묵나물은 으레 오래 불려야

한다. 먹기 전날 하룻밤 찬물에 담가 충분히 불린다. 삶는 데도 오랜 시간이 걸린다. 솥에 물을 붓고는 묵나물을 넣어 20분가량 삶는데, 솥만 바라보고 있으면 시간이 제법 길어서 '아니, 그렇게 오래 불렸는데도 이렇게 오래 삶아야 하나?' 싶은 생각이 들기도 한다. 게다가 삶은 후에도 불을 끄고 10분가량 뜸 들이는 시간이 필요하니, 묵나물 요리를 준비한다면 나물 삶는 시간 동안 다른 요리를 하는 편이 좋다.

뜸 들이기까지 마쳤다고 바로 먹을 수 있는 게 아니다. 삶은 나물은 물기를 꼭 짜고, 먹기 좋은 크기로 잘 썰어서 밑간을 한 다음 알맞게 볶는다. 볶을 때도 불 조절을 잘해야 한다. 덜 볶으면 씹었을 때 입안에서 질깃거리고, 너무 볶으면 잎이 깨져서 텁텁해진다. 시래기는 삶고 나서 겉껍질을 벗겨내는 공정까지 필요하니, 묵나물 한번 먹으려면 손이 이만저만 가는 게 아니다.

무심히 나물을 삶으며, 나물 삶는 향기를 맡으며, 따뜻한 냄비 곁에 서서 나물이라는 말을 다시 생각한다. 이렇게 물도 많이 주고, 필요한 온기도 듬뿍 주는 과정이 마치 봄에 방긋 돋아날 싹을 기다리는 것과 참

비슷하구나. 싹이 돋아나려면 물도 듬뿍 먹고, 햇살도 듬뿍 받아야 하는 것처럼 묵나물도 새싹처럼 돌봐 줘야 하겠구나. 묵나물이 제 깊숙이 감추고 있는 푸른 계절을 꺼내 먹기가 녹록지 않아 손 많이 간다고 투덜거리는 내게, 묵나물이 새침한 목소리로 "어디 봄 한 번 꺼내 먹기가 쉬운 줄 알았어?" 하고 말하는 것 같기도 하고.

잘 볶아낸 묵나물은 향긋하고 깊다. 따뜻하다. 추운 날에는 묵혀둔 봄을 꺼내자. 묵나물을 꼭꼭 씹다 보면, 어느새 푸른 계절이 이만큼 다가와 있을 테니까.

믿고 따블로 가!

사찰요리가 오신채를 배제하다 보니 김치를 담그
는 건 불가능할 거라는 인식이 있지만, 사찰에서도
김치를 담근다. 파, 마늘이 들어가지 않는 것은 물론
멸치액젓이니 새우젓이니 하는 젓갈류도 전혀 쓰지
않는다.

사찰요리에 관한 것이라면 뭐든지 배우고 싶었지
만, 김치만은 예외였다. 매해 열리는 사찰식 김치 수
업에는 영 관심이 안 갔다. 겨울마다 힘들게 김치 담
그는 엄마를 줄곧 봐와서 그런지 '김치=몸이 고생하
는 음식'이라는 공식이 머릿속에 딱 박혀 있었다. 게
다가 파, 마늘도 젓갈도 안 넣은 김치 아닌가. 밍밍해
서 무슨 맛으로 먹는담.

"사찰식 김치가 얼마나 맛있는데!" 수업을 같이 듣는 언니들의 말에도 김치가 김치지, 하고 넘겼다. 평소에도 김치를 찾는 편이 아니었고, 엄마가 가끔 보내주는 김치는 봉지째 그대로 냉장고로 직행해 냉장고 속 풍경이 되곤 했으니(미안해요, 김 여사님!). 엄마가 보내준 김치도 안 먹는 마당에, 먹지도 않을 김치를 고생하면서 담글 이유는 없었다.

많은 게 필요하지 않다

그랬던 내가 사찰식 김치에 빠지게 된 이유는 물김치 때문이었다. 이게 김치에 들어가는 재료가 맞나 싶을 정도로 희한한 재료로 물김치를 담갔다. 한번은 토마토, 복숭아, 수박으로 담갔는데 이게 또 놀랄 만큼 맛있었다. 복숭아와 수박이 들어간 물김치는 먹어보기 전엔 그 맛을 절대로 상상할 수 없다. 맛보기 전엔 별 기대를 하지 않았던 물김치 맛을 보고 나니, 비로소 사찰식 김치도 궁금해졌다. 김장김치 수업을 신청했다.

드디어 디데이! 수업에 앞서 스님이 작년에 담근 김치 맛을 보여주셨다. 고춧가루, 소금, 그리고 간장만 들어간 게 맛있다고? 의심을 가득 품은 채 김치 한 쪽을 입에 넣었더니 개운하고 시원했다. 그동안 먹었던 김치와는 달리 가볍고 산뜻했다. 수업에 참가한 누군가가 나와 비슷한 생각을 했는지 스님께 물었다.

"아무것도 안 넣었는데 어떻게 맛있죠?"

스님이 당연하다는 듯 대답하셨다.

"아무것도 안 넣었으니까 맛있습니다."

재료도 공정도 정말 심플 그 자체. 대야마다 한가득 양념을 만들 필요도, 무슨 젓갈이니 굴이니 배니 하는 속재료를 번거롭게 준비할 필요도 없었다. 배추와 무는 소금물에 담가 숨을 죽이고 고춧가루와 소금, 간장을 비율에 맞게 섞어 양념을 만들면 끝(집집마다 김치 맛이 다르듯, 스님마다 넣는 재료가 조금씩 다르지만 기본적인 방법은 같다).

김치가 이렇게 쉬운 거였나? 이렇게 쉬운데 그렇게 맛있다고? 우습게도 그날 담근 김치는 익어서 어떤 맛을 낼지 영영 알 수 없게 되었다. 맛만 본다며 익지도 않은 김치를 한 점 꺼내 먹고는, 너무 맛있어서 앞은자리에서 단숨에 다 먹어버렸으니까. '아무것도 안 넣었으니까 맛있다'는 스님의 말씀이 진짜였구나.

완전 믿으니까

'아무것도 안 넣었으니까 맛있다'는 말을 김치처럼 쪽 찢어 곱씹다 보면, 얼마나 재료를 믿기에 그런 말을 할 수 있는지 스님께 되묻고 싶어진다. 향을 돋워줄 파와 마늘도, 감칠맛을 더해줄 젓갈도 없다. 배추는 배추 맛을 내고, 무는 무 맛을 낼 뿐이다. 소금은 시원한 맛을 내고 간장은 간을 더하고 고춧가루는 매운맛을 낸다. 이게 전부라서 오히려 이 단순함이 대범해 보이기까지 한다. 그토록 오래 김치를 먹어왔으면서도 김치가 특별히 맛있다는 생각을 못 했는데, 익지도 않은 김치 한 통을 홀랑 다 먹어버리다니. 어쩌면 이게 진짜 김치 맛 아닐까.

이력서를 쓸 때마다 의외로 가장 어려운 부분은 자기소개다. 누군가 내게 사과에 대해 물으면 빨갛다, 향이 달다, 비타민 C가 풍부하다······ 척척 대답할 수

#배추김치

뭔가를 더하지 않은 자연스러운 나도

어쩌면 괜찮지 않을까.

있는데, "넌 누구니?" 하고 물으면 번번이 말문이 꾹 막혔다. 처음엔 거리 탓을 했다. 내가 나와의 거리가 너무 가까우니까 자기 객관화가 안 되는 거야, 하고. 그런데 가만 생각해보면 나는 나를 못 믿는 거였다. 나의 이런 부분을 사람들이 좋아할까? 이런 모습도 남들에게 받아들여질까? 하고. 결국 자기소개란에는 나라는 사람과는 다소 거리가 있는, 적당히 부풀려지고 다듬어진 또 다른 나가 탄생한다.

물론 취업 시장에서 장점을 드러내고 매력을 어필하는 것은 당연한 일이지만, 이력서에서뿐만이 아니라 사람을 만날 때도 나도 모르게 목소리를 가다듬고, 듣기 편한 말투와 적당한 단어를 고르고, 가벼운 미소를 자동 장착하게 된다. 펭수처럼 "나는 내가 이상형입니다!" 하고 까랑까랑하게 말할 순 없지만, 뭔가를 더하지 않은 자연스러운 나도 어쩌면 괜찮지 않을까. 나라는 사람도 배추나 무 정도의 매력은 있을 것 같은데.

김치 한 통을 단숨에 다 먹고는 또 먹고 싶어서 결국 그다음 날 배추와 무를 샀다. 어설프지만 배추와 무를 절이고 풀을 쑤고 양념을 만들어 발랐다. 해마다 엄마한테 "제발 사 드세요!"라고 이야기하던 내가, 이제는 해마다 이러겠구나 싶어 김치를 담그는 내내 피식피식 웃었다.

내 생애 첫 김치, 맛있을지 맛없을지는 잘 모른다. 최선을 다했으니 배추와 무를 믿고 가는 수밖에. 처음이자 마지막일 나의 인생도, 잘 모르겠지만 그저 믿고 갈 수밖에 없다. 나를 믿고 최선을 다할 뿐.

까짓거, 믿고 따블로 가!

계절이 물러가며 인사를 건네듯

계절을 살아가는 기쁨

나는 주호 스님의 수업으로 사찰요리를 처음 시작했다. 난생처음 배우는 요리인 데다, 내 인생 처음으로 가지게 된 요리 선생님이 스님이라니! 가끔 거리나 절에서 스님을 스친 적은 있지만, 불교도가 아니기에 스님과의 본격 커뮤니케이션 역시 처음이었다. 어떤 분께 배우든 신나고 재밌었겠지만, 주호 스님과의 수업은 정말 즐거웠다. 온통 새로움투성이인 사찰요리에 대한 열정과 호기심이 끓어 넘쳤다.

"지금 산에는 아카시아가 활짝 피었어요. 이리 와서 향 좀 맡아보세요."

"제피는 이때 아니면 떫어져서 먹기가 어려워요. 맛이 어때요?"

스님이 선보이는 메뉴마다 계절이 뚝뚝 묻어났다. 스님이 알려주는 계절은 그동안 내가 감각해오던 것과는 사뭇 달랐다. 나에게 계절이란 그저 출퇴근 때 입을 옷이 바뀌고, 냉장고를 채우는 과일 종류가 조금 달라지는 정도였다. 창에 블라인드를 드리운 사무실은 바깥의 풍경과는 관계없이 늘 일정한 온도와 습도를 유지했고, 한겨울에도 마우스 클릭 한 번이면 수박과 딸기를 먹을 수 있었다.

입에 닿기 전에 눈이 먼저 환해지는 꽃초밥, 몸 깊숙한 곳까지 쌉싸름한 향이 스미는 곰취쌈밥, 봄을 한 입 베어 문 듯한 냉이만두……. 제철 재료를 가지고 요리를 배우며 계절 속에서 살아가는 기쁨을 비로소 느꼈다. 나는 계절을 잊은 게 아니라, 어쩌면 처음부터 몰랐던 걸 수도 있겠다는 생각을 했다.

봄이 끝나고 슬그머니 여름으로 진입할 무렵, 한층 짙어진 초록으로 무장한 창밖의 가로수를 눈으로 훑으며 수업 시작을 기다리고 있었다. 잠시 뒤 스님이 인자한 얼굴로 우리 앞에 섰다. 스님의 얼굴과는 상반되게 내 얼굴은 딱 굳어버렸지만. 앞에 서 있는 분은 주호 스님이 아니었다. '스님이 어디 가셨지? 갑자기 그만두신 건가?' 주호 스님의 행방을 궁금해하느라 앞에 선 스님의 목소리가 귀에 잘 들어오지 않았다. 요리 수업을 맡는 스님이 분기마다 바뀐다는 것을 그때야 겨우 알게 됐다.

스님 잃은 설움이 그렇게 클까. 그 뒤로 수업마다 좀 시큰둥하게 됐고, 주호 스님 말씀이라면 깨알 하나라도 놓칠까 싶어 부지런히 받아 적던 손가락이 여간해선 움직이지 않았다. 그렇다고 언제 돌아올지도 모르는 주호 스님을 마냥 기다릴 순 없는 노릇이고, 요리를 배우고 싶긴 하니(정확히는 맛있는 걸 먹고 싶으니) 수업에는 꾸준히 나갔다. 오랜 짝꿍이 떠나고 새 짝꿍을 맞이할 때처럼 궁싯거리던 마음은 수업이 거듭될수록 차차 줄어들었고, 그런 마음이 물러간 여백에는 다시금 사찰요리에 대한 열정과 호기심이 생겨났다. 다듬고 썰고 볶고 튀기고 굽고 찌며 뜨거운 계절을 보냈다. 여름이 어떻게 흘러가는 줄도 몰랐다.

좋은 날 다시 만나요

코끝이 쌀쌀해질 무렵, 정효 스님을 만나게 됐다. 친구와 함께 수업을 듣던 날이었는데, 친구가 정효 스님을 보자마자 픽 웃었다.

"왜 웃어?"

"아니…… 저 스님 체구도 작고 힘도 없어 보이는데, 요리한다고 앞에 서 계시니까 왠지 웃겨서. 쓰러지실까 걱정되네."

친구의 표정은 정확히 3초 만에 바뀌었다. 스님의 눈은 우리를 보고 웃고 있는데, 손은 보이지 않는 속도로 칼질을 하고 있었다(지금도 늘 감탄하지만 정효 스님의 칼질은 볼 때마다 예술이다. 나중에 비법을 여쭀더니 "배운 적은 없는데, 칼 잡으니까 잘하더라고요"라고 덤덤하게 답하셨다. 타고나신 것으로……).

쌀쌀한 계절에 배우는 사찰요리는 또 다른 매력이 있었다. 깜짝 놀랄 메뉴가 수두룩했다. 마른 고추를 넣고 끓여낸 채수는 코가 뻥 뚫릴 만큼 얼큰했고, 사찰식이라 해서 은근히 얕잡아봤던 짬뽕은, 지리산 폭포 한 자락을 통째로 넣은 것처럼 국물을 들이켜자마

#풋고추장떡

사찰요리를 배우면서
계절과 제대로 사랑에 빠졌다.

자 목구멍이 얼얼할 정도로 시원했다(아, 먹고 싶다). 달달한 가을무의 매력을 제대로 느낄 수 있는 무 왜저지, 무르게 푹 삶아낸 혀끝에서 사르르 녹는 시래기찜……. 특히 여섯 가지 뿌리 채소를 넣고 오랜 시간 뭉근히 고아낸 육근탕은 추운 날씨에 딱 어울리는 별미였다.

매주 수업시간마다 먹을 생각에 들떴다. 추위를 많이 타서 겨울을 끔찍하게 싫어했는데, 겨울이 그토록 사랑스러웠던 적이 없었다. 시래기찜과 육근탕만 있다면 추운 계절을 든든히 날 수 있으니, 더는 겨울이 무섭지 않았다.

겨울이 끝날 즈음 정효 스님이 수업을 마치며 "좋은 날 다시 만나요" 하고 손을 흔들었을 땐 서운함에 눈물이 핑 돌았지만 알고 있었다. 곧 봄과 함께 주호 스님이 돌아온다는 걸. 곰취며 두릅이며 푸릇푸릇한 이파리를 들고선 "이거 보세요" 하고 멋진 계절을 또 한 아름 안겨주실 거라는 걸.

사찰요리를 배우면서 뭐가 제일 좋은지 꼽는다면 사계절의 매력을 비로소 알게 된 것, 그리고 계절과 제대로 사랑에 빠진 것일 테다. 사계절 중 봄을 제일 좋아해 일 년 내내 봄이었으면 하고 늘 바랐다. 꽃이 흩날리면 땅에 떨어진 꽃잎을 주워다 사무실 책상 위에 올려놓고는, 꽃잎이 말라 누렇게 색이 바래 바스라질 때까지 버리지 못했다. 떠나는 봄을 혼자 물고 늘어졌다. 빙수를 실컷 먹을 수 있다는 것 말고는 여름의 매력을 찾기 힘들었고, 가을은 언제나 "벌써?" 하는 감탄사와 함께 찾아왔다가 금방 사라졌다. 긴긴 겨울을 봄만 기다리며 끙끙거렸다. 이제는 안다. 계절은 어김없이 다시 돌아오고, 그때마다 계절은 놀라운 기쁨을 내게 건넬 준비를 하고 있다는 걸.

계절이 슬그머니 바뀔 때면 스님들이 인사한다. "좋은 날 다시 만나요" 하고. 계절이 물러가며 내게 건네는 인사이기도 하다. 아쉽긴 하지만 이제는 그 인사에 웃으며 답할 수 있다. 다가온 계절에 흠뻑 취할 수 있으면 그만이니까. 우린 또다시 만날 테니까.

익으면 투명해진다

맛있는 죽의 비결

"죽 만들 때 제일 중요한 게 뭔지 알아요?"

스님이 주걱으로 냄비를 휘휘 저으며 물으셨다. 다들 고요했다.

"오래 젓는 거예요. 죽은 오랫동안 저어줘야 합니다. 얼마나 젓느냐에 따라서 맛이 천지 차이예요."

밖에서 음식을 사 먹기보단, 직접 해보는 과정에서 큰 기쁨을 느끼는 나도(피자가 먹고 싶었던 어느 날엔, 새벽에 일어나 피자를 만들어 먹고 출근한 적도 있다) 죽만큼은 직접 쑤어야겠다고 생각한 적이 없었다. 단 한 번도. 불 앞에 서서 팔 빠지게 냄비를 젓고 있을 그 시간에,

동네 죽집에서 한 그릇 후루룩 마시고 오는 게 나았다. 하염없이 죽을 젓는 스님의 손끝을 물끄러미 바라보다 물었다.

"스님, 언제까지 저어야 해요?"

"쌀알이 투명해질 때까지. 익으면 투명해집니다."

스님이 잠깐 나를 보고 다시 말을 이었다.

"뭐든 천천히 해야 나 자신을 놓치지 않지요."

자리로 돌아와 스님이 일러준 대로 불린 쌀과 물을 냄비에 넣고 한 방향으로 휘휘 저었다. 천천히 해야 나 자신을 놓치지 않는다는 그 말이 냄비 안에서 쌀알과 함께 맴돌았다. 눈물이 슬쩍 났다.

반드시 투명해진다

그 무렵의 나는 책을 쓰겠다고 마음먹고는 새벽부터 밤늦게까지 책상 앞에 앉아 있었다. 자주 마음이 급했다. 꿈을 시작하기에는 어쩌면 늦었다는 생각에 얼른 결과를 내고 싶었다. 내게 이만한 실력이 있다는 걸 나 자신에게, 그리고 세상에 증명해 보이고 싶었

다. 생각만큼 이야기가 술술 풀리지 않았고, 글이 막
힐 때면 '이걸 왜 하고 있지?'라는 의문이 번번이 고
개를 들었다. 세상에 이미 이야기는 차고 넘치는데,
사람들은 눈앞의 사람이 하는 이야기도 들어줄 여유
가 없는 것 같은데, 과연 내가 하는 이야기를 궁금해
하고 좋아해줄 사람들이 있을까. 한번 내 안에서 고개
를 치켜든 물음표는 어찌나 빳빳한지 며칠이고 나를
아프게 찔러 댔다. 어느 순간, 나 자신을 완전히 놓쳤
다는 걸 나도 잘 알고 있었다. 그래서 죽을 젓다 말고
눈물이 났던 거다.

습관처럼 마음이 급해질 때마다, 마음의 속도를 글
이 쫓아가지 못해 가쁜 숨을 몰아쉴 때마다 '익으면
투명해진다'는 그 말을 떠올렸다. 오래도록 죽을 젓던
감각을 기억해내려 애썼다. 그러면 키보드 위를 정신
없이 달리던 손가락이, 그 감각을 기억해내곤 고맙게
도 속도를 늦춰주었다(요리하랴 글쓰랴. 내 손가락들, 고생
많았어!).

시간과 노력을 들이면 안 되는 일이 없다고들 하지
만, 세상 좀 살아본 나는 이제 안다. 시간과 노력만으
로는 안 되는 일도 있다는 걸. 세상일에는 시간과 노력

뿐 아니라 다양한 변수가 작용하고, 내가 근처에도 가 본 적 없는 것들을 어떤 이는 참 손쉽게 얻곤 한다는 걸. 그럴 때마다 애써 태연할 줄도 알아야 한다는 걸.

죽은 참 정직하다. 시간과 노력의 집약체다. 누군 가의 시간과 노력을 태연히 삼키지 않는다. 약한 불 에서 오래 젓다 보면 마침내 투명해진다. 투명하다는 것, 속이 훤히 들여다보인다는 것은 좋은 것이다. 단 한 톨의 의심 없이 믿을 만하다는 사실은 몹시 부러 운 것이다.

죽을 저을 때마다 생각했다. 나도 때가 되면 투명 해졌으면 좋겠다고. 더 이상 나 자신을 의심하지 않 는 때가 왔으면 좋겠다고. 그만하면 충분하다고 누가 좀 일러줬으면 좋겠다고.

이 책은 충분히 익어 투명해진 결과물이라기보다 는, 한 사람이 천천히 익어가는 삶의 한 계절이다. 시 간과 노력만으로 안 되는 일이 있다는 걸 알면서도, 시간과 노력을 들여 천천히 저은 글이다. 내 몫의 작 은 죽 한 그릇 만들면서도 힘들다, 어렵다, 여기저기 투정을 했더니 주변의 많은 분들이 따뜻한 응원을 건 네주셨다.

안 쓴 지 오래라며 내게 덥석 건네준 노트북, 새벽과 함께 문 앞에 도착한 아이스크림, 글 쓰려면 잘 먹어야 한다고 바리바리 싸주신 반찬, 엄마가 말도 없이 몇 번이고 보내주신 세상에서 제일 맛있는 떡볶이와 김밥, 저 깊은 산에서 걸려온 힘내라는 전화, 기꺼이 사용을 허락해주신 아름다운 사진(나의 요리메이트들, 고마워요!), 그리고 얼굴 한번 본 적 없는 이들의 다정한 댓글과 두근거리는 하트. 혼자서 못 할 일을 덕분에 겨우 해냈다.

내 책을 가지는 건 아주 오래된 꿈이었기에 어떤 책을 쓰게 될지 이따금 그려보곤 했지만, 사찰요리에 대한 글을 쓰게 될 줄은 정말 몰랐다. 가끔 눈을 들어 창을 바라보면 내다보이는 건 회색 담벼락뿐인 작은 책상 앞에서 두 번의 여름을 오롯이 다 보내고 다시 여름을 맞았다. 지금도 그 자리에 앉아 이 글을 쓴다. 무려 에필로그라니.

죽을 젓듯 하루하루를 젓는다. 내 시간과 마음을 쏟아붓고는 한 방향으로 휘휘 젓는다. 익으면 투명해진다, 반드시 투명해진다, 중얼거리면서.

아직 투명한 죽은 아니겠지만, 멀건 죽이라도 누군

가에게 위로와 온기가 될 수 있다면 그걸로 나는 충분할 것 같다.

스님과의 브런치

초판 1쇄 인쇄 2020년 6월 15일
초판 1쇄 발행 2020년 6월 23일

지은이 반지현
사 진 반지현, 김주희, 장혜련, 정효 스님
펴낸이 이수철
주 간 하지순
교 정 박은경
디자인 권석중
마케팅 안치환
관 리 전수연

펴낸곳 나무옆의자
출판등록 제396-2013-000037호
주소 (03970) 서울시 마포구 성미산로1길 67 다산빌딩 3층
전화 02) 790-6630 팩스 02) 718-5752
페이스북 www.facebook.com/namubench9
인쇄 제본 현문자현

ⓒ 반지현, 2020

ISBN 979-11-6157-102-7 02800